GOD
OF
SOLDIER

임영기 장편소설
FUSION FANTASTIC STORY
갓 오 브 솔 저

갓오브솔저 3

임영기 장편소설

초판 1쇄 찍은 날 § 2017년 2월 27일
초판 1쇄 펴낸 날 § 2017년 3월 6일

지은이 § 임영기
펴낸이 § 서경석

편집책임 § 이지연

펴낸곳 § 도서출판 청어람
등록번호 § 제387-1999-000006호
등록일자 § 1999. 5. 31
어람번호 § 제1-2643호

주소 § 경기도 부천시 부일로 483번길 40 서경B/D 3F (우) 14640
전화 § 032-656-4452 팩스 § 032-656-4453
http://www.chungeoram.com
E-mail § chungeorambook@daum.net

ⓒ 임영기, 2017

ISBN 979-11-04-91225-2 04810
ISBN 979-11-04-91179-8 (세트)

GOD SOLDIER

3

임영기 장편소설

FUSION FANTASTIC STORY

갓오브솔저

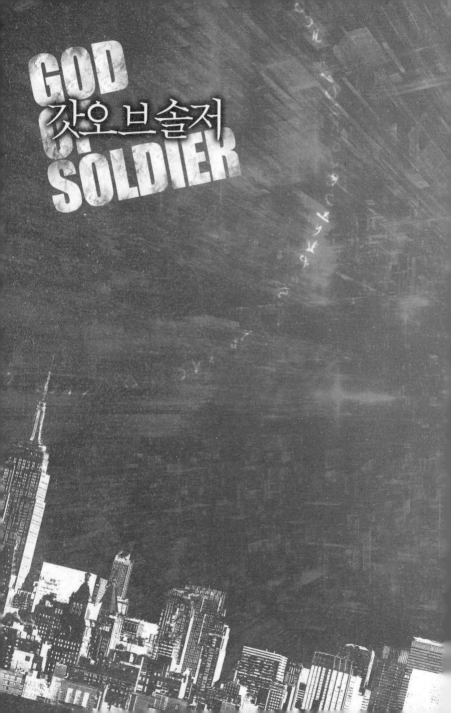

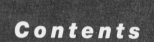

Contents

제15장
삼맹

12층 원장실의 문 앞 복도에 우뚝 서 있는 강도는 파도처럼 몰려드는 요괴들을 무차별적으로 죽이고 있었다.

촤아악!

그의 오른손에서 파멸도가 휘둘러질 때마다 복도 양쪽에서 떼거리로 공격하는 요괴들이 한 번에 5~6명씩 픽픽 거꾸러졌다.

고도로 훈련된 요족 요괴들의 공격은 치밀하고 계산적이어서 위력이 대단했다.

또한 6위 카카라음투, 즉 카음투가 이끄는 탐바찌음투와

우푸망들은 추호도 죽는 것을 두려워하지 않고 결사적으로 공격을 퍼부었다.

원장실은 80m 거리의 복도 한가운데에 위치해 있다.

강도는 원장실 문 앞을 떠날 수가 없었다. 원장실 안에는 부상을 당한 후에 강도에게 치료를 받은 여섯 명이 있기 때문이다.

복도 양쪽의 계단과 네 개의 엘리베이터를 통해서 요괴들은 끊임없이 올라와 강도에게 밀물처럼 밀려들었다.

하지만 그러면 무얼 하겠는가.

요괴들의 상대는 현 세계의 최강자 절대신군이다.

강도는 양쪽에서 밀려오는 요괴들을 서두르지 않고 차근차근 죽여 나갔다.

부웅—

서울대양병원 후문으로 특수 제작된 소형 트럭 한 대가 빠져나갔다.

강도가 운전을 하고 있으며, 조수석에는 한아람과 염정환, 얏코가 좁은 자리에 서로 밀착해서 앉아 있다.

부상당한 의사들은 엘리베이터에 태워서 1층으로 보냈다.

그들을 발견한 사람들이 알아서 응급실로 보내줄 것이라고 생각했다.

물론 강도는 12층으로 몰려 올라온 요괴들을 한 명도 남기지 않고 몰살시켰다.

서울대양병원에 있는 요괴들이 모두 12층으로 올라왔는지 아닌지는 알 수가 없다.

어쨌든 12층으로 올라온 요괴들은 강도에게 다 죽었다.

그리고 원장실과 통하는 옆방 금고 안에 들어 있던 정혈병을 하나도 남기지 않고 깡그리 쓸어 담아서 소형 트럭에 싣고 병원을 빠져나왔다.

인중병원을 장악한 마족은 정혈을 300cc병에 담았는데 요계가 장악한 서울대양병원은 100cc병에 담았다.

모두 1,300병으로 130,000cc다.

인중병원이 15,000cc였으니까 서울대양병원이 8.6배나 더 많았다.

강도는 그렇게 많은 정혈이 있을 줄은 예상하지 못했다.

강도는 한아람 등을 쳐다보았다.

"전 괜찮아요."

한아람은 애써 미소를 지었다.

얏코와 염정환도 괜찮다고 앞다투어 말했다.

강도는 아까 원장실에서 얏코를 비롯한 여섯 명의 내상을 말끔하게 치료했다.

그는 목소리뿐인 사부에게 뛰어난 의술을 배웠기 때문에

숨이 붙어 있는 사람이라면 대부분 살려낼 수 있었다.

그가 만약 한의원을 차려서 영업을 한다면 날마다 문전성시를 이룰 것이다.

강도는 현천자 구인겸에게 전화를 걸었다.

"날세."

—주군!

구인겸은 깜짝 놀라서 외쳤다.

—서울대양병원, 주군의 솜씨입니까?

"그래."

—저는 우리 병원이 요계에게 접수됐다는 사실조차도 까맣게 모르고 있었습니다!

구인겸은 서울대양병원에서 벌어진 소란과 12층에 수백 구의 목이 잘린 요괴 시체가 즐비하다는 보고를 받고 그것이 강도의 솜씨일 것이라고 직감했다.

구인겸의 생각으로는 그럴 사람이 강도밖에 없었다.

"뒤처리 부탁하네."

—알겠습니다, 주군. 감사합니다. 과연 주군이십니다.

요계 수중에 떨어진 국내 최대 병원을 구해주었으니 구인겸으로서는 이루 말할 수 없을 만큼 고마울 것이다.

강도는 통화를 마쳤다.

그는 구인겸에게 서울대양병원의 정혈에 대해서는 말하지

않았다.

또한 지금 자신이 요계가 서울대양병원에서 수확한 정혈을
비축해 놓은 곳으로 가고 있다는 말도 하지 않았다.

"아람아, 염정환, 너희는 집에 가서 쉬어라."

"저는 신군을 돕겠어요!"

"전 끄떡없습니다!"

강도의 말에 한아람과 염정환이 안타까운 듯 외쳤다.

그러나 강도는 묵묵히 운전하면서 손목시계 휴대폰을 조작
했다.

한아람과 염정환은 강도가 한 번 뱉은 말은 번복하지 않는
다는 사실을 알기에 착잡한 표정을 지었다.

스사아!

다음 순간 한아람과 염정환의 모습이 마치 모래성이 허물
어지듯이 사라졌다.

조수석에는 얏코 혼자만 덩그렇게 앉아 있다.

소형 트럭이 양재IC에서 경부고속도로에 올랐을 때 강도가
물었다.

"얏코, 너는 가지 않아도 되느냐?"

"괜찮아요."

강도는 자신의 부하가 된 얏코에 대해서 어느 정도는 알고
있어야겠다고 생각했다.

"넌 어디에 사느냐?"

"세븐마트 영등포 지점하고 천호동 지점이에요."

세븐마트는 국내 굴지의 대형 마트이다.

"영등포 지점장이 저희 오빠고, 천호동 지점장은 저예요."

그녀는 강도가 묻지 않았는데도 술술 얘기했다.

"거기에 우리 부족들이 다 살고 있어요."

범맹 협사조장 안예모는 자신의 눈을 의심했다.

안예모뿐만 아니라 그를 뒤따르고 있는 협사조원 12명은 경악을 금하지 못했다.

서울대양병원 본건물 12층 복도의 80m 바닥에는 온통 남녀의 시체가 뒤엉켜서 수북하게 쌓여 있었다.

시체들은 겉으로 보기에는 현 세계의 인간들처럼 보였다.

하지만 투반경을 쓰고 있는 안예모는 그들이 요괴의 모습을 하고 있다는 사실을 알고 있다.

요괴들은 하나같이 목이 잘려 있었다.

안예모와 협사조원들이 12층에 올라왔을 때는 이미 상황이 종료되어 있었다.

복도를 가득 뒤덮은 요괴 시체들 때문에 안예모 등은 발 디딜 곳을 찾지 못했다.

12층에는 안예모 일행뿐만이 아니라 병원 관계자들과 경찰들로 인산인해를 이루고 있었다.

안예모는 원장실을 주시하면서 시체들을 밟지 않으려고 애쓰며 접근했다.

안예모를 뒤따르고 있는 부조장이 떨리는 목소리로 중얼거렸다.

"조장, 여기에 살신(殺神)이 강림했던 것 같습니다."

안예모 생각에도 그랬다.

무림에서 일류고수이던 그가 보기에 12층에 죽어 있는 수백 구의 요괴 시체는 한 사람의 솜씨가 분명했다.

또한 얼마나 빠르게 목을 잘랐으면 요괴들은 추호의 고통도 느끼지 못하고 죽은 것 같았다.

이곳에서 죽은 요괴들은 요계 6위 카카라음투와 7위 탐바찌음투, 그리고 8위 우푸망들이다.

만약 범맹이 이들과 대적하려면 3위인 협당 전체 조원 145명이 달려들어야 했을 것이다.

그런데 단 한 명이 이들을 깡그리 몰살시켰다는 사실이 안예모로서는 믿어지지 않았다.

'도대체 이 정도 실력이라는 것은……'

그때 경찰이 다가오고 있는 안예모 일행을 발견했다.

"당신들 뭡니까?"

"병원 직원입니다."

"여긴 우리한테 맡기고 물러나십시오!"

경찰이 손을 저으며 고압적으로 외쳤다.

이런 상황이 되면 안예모로서는 물러날 수밖에 없다.

그는 물러나기 전에 활짝 열려 있는 원장실 문 안쪽을 쳐다보았다.

원장실 안 바닥에 20여 구의 남녀 시체가 목이 잘라진 채 죽어 있는데 그들은 모두 카카라음투다.

안예모 일행이 복도 끝으로 가고 있을 때 한 무리의 사람이 엘리베이터에서 내렸다.

안예모가 봤을 때 빳빳한 정장 차림의 그들 남녀는 안예모 등과 같은 물에서 노는 인물들이 분명했다.

즉, 불맹이나 도맹의 전사들이다.

안예모는 서울대양병원이 도맹 부맹주 현천자 소유라는 사실을 모르고 있다.

도맹 부맹주가 현천자라는 사실조차 모르고 있기 때문이다.

'도맹이로군.'

안예모는 원장실 쪽으로 가고 있는 정장 차림의 남녀들을 보면서 속으로 확신했다.

안예모가 아는 바로 불맹 전사들의 분위기는 무겁고 조용

한데 도맹 전사들은 활동적이면서 거침이 없다.

지금 원장실로 가고 있는 전사들의 행동은 후자에 속했다.

그런데 그들은 경찰들에게 뭐라고 말을 하고는 원장실 안으로 들어가 버렸다.

'원래 이 병원이 도맹 산하였던가?'

안예모가 조원들을 이끌고 복도 끝의 문을 열고 계단을 내려가고 있을 때 귀에 꽂은 전음폰이 울렸다.

─조장, 조금 전에 후문으로 소형 트럭 한 대가 빠져나갔는데 아무래도 우리가 정혈 운반 트럭이라고 의심하고 있는 그 소형 트럭인 것 같습니다.

안예모는 머리털이 바짝 섰다.

"정혈 트럭이야, 아니야?"

─그게… 차량들이 많이 출입하고 있어서 확실하게 보지는 못했습니다.

"이런. 그 차, 어느 쪽으로 갔어?"

─양재IC 쪽으로 간 것 같습니다.

만약을 위해서 병원 밖을 감시하라고 두 명의 조원을 배치시켰는데 결과가 절반은 성공했다.

타다다다다!

전음폰을 끊은 안예모는 전력으로 계단을 달려 내려갔다.

병원 후문으로 빠져나간 소형 트럭이 정혈 운반 트럭이 분명하다면 그 트럭에 타고 있는 자가 12층의 요괴들을 몰살시켰을 가능성이 컸다.

정혈도 중요하지만 그 인물이 누군지 알아내는 일이 더 중요하다고 안예모는 판단했다.

안예모는 급히 범맹 TCMT 본부를 호출했다.

"본부, 교통 CCTV를 확인해서 차량 한 대를 찾아주십시오."

불맹은 BCMT 본부이고, 도맹은 TCMT이다.

CMT는 '위원회'의 영문 약자이고, 불교라는 뜻의 '부디스트(Buddhist)'의 첫 영문 글자 'B'를 따서 BCMT라고 한다.

도맹은 도교라는 뜻의 '타우이즘(Taoism)'의 첫 글자 'T'를 딴 것이다.

얏코가 자신의 가족과 소부족에 대해서 설명을 거의 끝냈을 무렵 소형 트럭은 신갈IC로 빠져나갔다.

서울대양병원 지하 주차장에서 제압한 소형 트럭의 요괴는 신갈 신대저수지 근처의 명성실업이라는 회사 내에 정혈 보관 창고가 있다고 실토했다.

강도는 소형 트럭에 부착된 내비게이션으로 명성실업까지 쉽게 찾아갔다.

그긍!

강도가 소형 트럭을 몰던 요괴의 제복을 입고 있어서인지 명성실업 입구 경비실 안에서 그를 힐끗 보더니 정문을 열어주었다.

강도가 보니 경비실 안에 앉아 있는 두 명의 경비는 요괴인데 처음 보는 모습이었다.

"우슈자(Ushuja：용맹하다)예요. 와다무에서 9위 등급인데 전체의 절반 이상을 차지하고 있어요."

얏코가 설명했다.

소형 트럭 전방에는 3층의 커다란 공장 건물 두 채가 버티고 있다.

저만치 건물 일 층 끝에 대형 트럭이 꽁무니를 대고 있으며, 유니폼을 입은 사람들이 트럭에 물건을 싣고 있는 모습이 보였다.

강도는 소형 트럭을 몰아 익숙하게 건물 왼쪽 모퉁이를 돌아서 들어갔다.

그곳 넓은 마당 너머에 창고들이 줄지어 늘어서 있다.

그리고 창고 끝에 2층짜리 건물이 보여서 강도는 그곳으로 소형 트럭을 몰아 갔다.

모든 게 소형 트럭을 운전하던 요괴가 설명한 대로였다.

그렇다고 그 요괴가 자신이 알고 있는 것들을 친절하게 술술 실토하지는 않았다.

강도가 인간의 능력으로는 절대로 견디지 못한다는 무림의 분근착골(粉筋鑿骨) 수법을 전개하자 요괴는 채 10초를 견디지 못하고 자백하겠다고 눈물을 흘렸다.

그런데 2층 건물에는 출입구가 없었다.

하지만 강도는 소형 트럭을 몰고 2층 건물 뒤로 돌아갔다.

끽.

건물 뒤편에는 경사진 도로가 있었는데 강도는 그곳 경사면 위에 소형 트럭을 세웠다.

덜컹, 그르르!

내려져 있던 셔터가 천천히 위로 올라갔다.

누군가 밖을 내다보고 있다가 셔터를 열어준 것 같다.

강도는 다시 소형 트럭을 움직여 천천히 아래로 내려갔다.

어두울 것이라 예상한 것과는 달리 건물의 지하는 불이 환하게 밝혀져 있었다.

지하실로 내려간 소형 트럭 전방에서 작업복을 입은 남자두 명이 가까이 다가오라고 손짓했다.

척!

소형 트럭을 정 위치에 멈춘 후 얏코는 조수석에 앉아 있고 강도 혼자 차에서 내렸다.

작업복을 입은 한 명이 손수레를 끌고 소형 트럭 뒤로 갔다.

그리고 또 한 명이 서류철을 들고 강도에게 다가오며 강도를 손가락으로 가리키면서 뭐라고 말하는데 요족 언어라서 알아들을 수가 없었다.

요괴로서는 강도를 처음 봤다.

하지만 소형 트럭이 무사히 돌아왔기 때문에 중간에 무슨 일이 있었을 것이라고는 의심하지 않는 것 같았다.

요괴가 계속 뭐라고 말하는데 강도는 행동으로 대답했다.

그는 말없이 손을 뻗어 세 줄기 지풍을 발출했다.

파파팍!

"흑!"

작업복을 입은 요괴는 자신이 무슨 수법에 당하는지도 모르는 채 혈도가 제압되어 움직이지도, 말을 하지도 못하고 놀란 얼굴로 눈만 껌뻑거렸다.

강도는 지금까지 몇 차례 시험을 해봤는데 인간과 마족, 요족의 가장 근본적인 혈맥의 구성이 비슷하다는 사실을 확인했다.

하긴 마족과 요족의 조상이 인간과 같은 호모에렉투스라면 신체 구조가 비슷할 것이다.

철컹!

소형 트럭 뒤에서 자물쇠로 문을 여는 소리가 들렸다.

강도가 소형 트럭 뒤로 돌아가니 작업복의 요괴가 트럭에 올라가서 큼직한 박스를 끌어내고 있다.

그 박스에는 강도가 서울대양병원에서 갖고 온 정혈이 담겨 있다.

강도는 태연하게 요괴에게서 박스를 받아 그 아래에 있는 손수레에 실었다.

쿵!

요괴가 손수레 옆으로 뛰어내렸다.

강도는 손수레를 밀면서 오른쪽의 문이 열린 곳으로 천천히 걸어갔다.

드르르.

강도는 이곳에 CCTV가 설치되어 있을지 몰라서 조심하고 있었다.

명성실업에 있는 요괴들이 다 몰려와도 눈 하나 까딱하지 않겠지만, 그래도 요괴들에게 위험이 닥쳤다는 사실을 그들이 미리 알아서 좋을 건 없었다.

강도가 손수레를 밀면서 오른쪽 문으로 가는데 요괴가 뒤 따라오면서 그들의 언어로 뭐라고 말했다.

얏코 말로는 요계의 언어가 현 세계의 동아프리카에서 사용되고 있는 스와힐리어의 모태이며, 와다무 말로는 루그

하(Lugha:언어, 방언)라고 부른댔다.

강도가 대꾸도 하지 않고 손수레를 밀면서 계속 가는데 뒤에서 얏코의 목소리가 들려왔다.

"여긴 CCTV가 없으니까 그냥 죽여도 돼요."

강도가 뒤돌아보니 얏코가 차에서 내리고 있다.

강도는 뒤따라오다가 얏코를 보면서 의아한 표정을 짓고 있는 요괴와 혈도가 제압되어 우두커니 서 있는 요괴를 향해 손바닥을 펴서 목을 긋는 시늉을 했다.

사아!

두 요괴의 목이 뎅겅 잘라지고 바닥에 툭 떨어져 굴렀다.

"제가 잘 살펴봤어요. CCTV는 없어요."

얏코가 강도에게 다가오며 덧붙였다.

두 사람이 손수레를 밀고 문 안쪽으로 들어가서 둘러보니 아무것도 없고 화물용 엘리베이터만 보였다.

엘리베이터에는 지하 3층에서부터 지상 2층까지의 버튼이 표시되어 있었다.

강도는 지하 2층을 눌렀다.

윙—

정혈을 비축했다면 지상보다는 지하일 것이라고 판단했다.

지하 2층에서 엘리베이터 문이 열리자 바깥에 흰 가운을 입은 사람들이 돌아다니는 게 무슨 연구실 같은 분위기가 확

풍겼다.

강도는 엘리베이터 문이 반쯤 열렸을 때 재빨리 닫힘 버튼과 지하 3층 버튼을 눌렀다.

스르.

지하 3층 엘리베이터 문이 열리자마자 강도는 문밖에 제복 차림의 남자 두 명이 서 있는 것을 발견했다.

마치 군인 같은 제복을 입은 남자들이 엘리베이터 안을 쳐다보는 순간, 강도의 손이 슬쩍 그어졌다.

스악!

두 제복 남자의 목이 잘릴 때 강도는 손수레를 밀고 밖으로 나갔다.

지하 3층은 숙소 같은 분위기였다.

엘리베이터에서 내리자마자 복도가 뻗어 있고 양쪽에 일정한 간격으로 문이 길게 이어져 있다.

강도는 재빨리 천장을 살펴보았다.

CCTV가 곳곳에 설치된 것이 보였다.

방금 강도가 두 남자를 죽이는 광경도 CCTV에 찍혔을 것이다.

찍혔다는 것은 저쪽에서 알게 됐다는 뜻이다.

어차피 발각된 것, 강도는 개의치 않고 엘리베이터 앞에 손수레를 놔두고 복도로 진입했다.

강도를 뒤따르던 얏코가 엘리베이터 쪽을 돌아보았다.

"괜찮겠어요?"

"뭐가?"

얏코가 뭘 묻는 건지 뻔히 알면서도 강도는 딴소리를 했다.

'절대신군에게 그딴 헛소리를 하는 거냐?'라는 뜻이다.

영리한 얏코는 강도와 오래 지내보지 않고서도 방금 그가
반문한 의도를 알아차리고 입을 다물었다.

하긴 절대신군 정도면 여기 명성실업이라는 곳에 있는 와
다무들이 죄다 몰려온다고 해도 눈 하나 깜짝하지 않고 깡그
리 죽일 수 있을 것이다.

서울대양병원의 오백여 명에 달하는 요괴를 5분 만에 도살
한 강도이다.

그렇지만 얏코가 염려하는 것은 이곳이 지하 3층이라는 사
실이었다.

위에서 봉쇄해 버리면 꼼짝없이 지하에 갇히기 때문이다.

하지만 얏코는 그 점도 강도를 믿기로 했다.

척!

강도가 복도의 첫 번째 문을 열었다.

안은 일반 병원의 입원실 같았다.

양쪽에 두 개씩 도합 네 개의 침대가 있으며, 거기에 똑같
이 흰옷을 입은 네 명의 젊은 여자가 누워 있다.

여자들은 모두 잠들어 있는데, 강도가 봤을 때 요괴의 표식이 일체 보이지 않았다.

현 세계의 사람인 것이다.

강도의 인상이 확 찌푸려졌다.

'이 새끼들이!'

요계의 세포 중 한 군데쯤으로 여겨지는 이런 곳의 지하에 인간 여자들이 잡혀와 있다는 사실에 강도는 순간 속이 확 뒤집혔다.

어떤 목적으로 요계가 인간 여자들을 납치했는지는 모르지만 절대로 좋은 의도는 아닐 것이다.

강도는 문을 닫고 건너편 문을 열었다.

거기도 마찬가지였다.

흰옷을 입은 여자들이 네 개의 침대에 누워서 자고 있다.

이후 여섯 개의 문을 더 열었는데 한 방에 네 명씩 어김없이 인간 여자들이 자고 있었다.

그래서 강도는 중간을 건너뛰고 마지막 방, 그러니까 20번째 방문을 열었다.

그런데 그 방에는 젊은 남자 네 명이 역시 흰옷을 입은 모습으로 침대에 누워 있었다.

그들 역시 요괴가 아닌 현 세계의 인간이다.

'이놈들, 도대체 무슨 수작을 부리고 있는 거지?'

그는 다시 복도를 뒤돌아가서 10번째와 11번째 문을 차례로 열어보았다.

10번째까지는 젊은 여자들이고, 11번째부터 젊은 남자들이 자고 있는 것이 확인됐다.

또한 이곳의 남녀들은 마취된 상태인지 강제적으로 잠에 빠져 있었다.

인간 남녀가 각 40명씩 도합 80명이나 납치되어 이곳에서 무슨 짓을 당한 것인지 강도로서는 아무리 상상력을 동원해도 감이 잡히지 않았다.

요족이 인간인 젊은 남녀의 몸에서 뭔가를 채취한 것인지, 아니면 무슨 수작을 부려놨는지 알 수가 없었다.

강도가 마지막 방에서 오른쪽으로 꺾어지는 길을 발견하고 그곳으로 향하는데 얏코의 목소리가 들렸다.

"이리 와보세요."

얏코는 중간쯤의 어느 방 안에 있었다.

강도가 방으로 들어서자 얏코는 침대에 잠들어 있는 남자 중 윗옷을 벗긴 젊은 남자의 한쪽 팔을 들어 올렸다.

"여기 보세요."

남자의 겨드랑이에는 털이 한 올도 없었다.

털을 깎은 게 아니라 어린아이처럼 매끄러웠다.

그런데 남자의 겨드랑이에 반창고가 붙어 있다.

지익.

얏코가 반창고를 떼자 칼로 벤 자국이 일자로 2㎝가량 선명하게 나 있는 게 보였다.

"와다무 남자는 겨드랑이에 정혈낭이 있어요."

강도의 표정이 가볍게 변했다.

"그럼 이 사람이 와다무라는 거야?"

"하나 더 확인해 보면 대답할 수 있어요."

얏코는 방을 나가서 여자 방 아무 곳에나 들어갔다.

따라간 강도는 얏코가 침대에서 자고 있는 여자의 바지를 벗기는 모습을 보았다.

와다무, 즉 요족 여자는 정혈낭이 사타구니에 달려 있다.

만약 지금 얏코가 바지를 벗기고 있는 여자의 사타구니에 반창고가 붙어 있고, 그 반창고를 떼었을 때 거기에도 칼로 벤 자국이 있다면 여기에서 자고 있는 남녀는 인간이 아니라 요족이다.

"보세요."

얏코가 여자의 벌거벗은 아랫도리를 들어서 활짝 벌렸다.

인간 여자와 다를 바 없는 사타구니가 드러났다.

그런데 여자의 음부와 항문 사이에 작은 반창고가 붙어 있는데 얏코가 그걸 떼어내자 역시 칼자국이 있었다.

그곳에 있던 정혈낭을 떼어낸 자국이다.

여기에 있는 남녀 80명은 원래 요족이며 수술로 정혈낭을 떼어낸 것이다.

"음……."

강도는 신음 소리를 냈다.

요계가 젊은 인간 남녀들을 납치해 온 것이 아니라서 안도가 되지만 또 다른 염려가 기다렸다는 듯이 엄습했다.

요계가 무엇 때문에 이런 곳에서 젊은 남녀 요괴들의 정혈낭을 떼어냈는지 그게 궁금했다.

강도는 요괴 남녀 80명이 잠들어 있는 방들을 지나 오른쪽으로 꺾어지는 곳에서 굳게 닫혀 있는 견고한 모양의 철문을 발견했다.

은행의 금고처럼 십자 형태의 핸들과 다이얼이 부착된 자물쇠가 큼직하게 붙어 있다.

강도의 생각으로는 저 안에 정혈이 쌓여 있을 것 같았다.

이처럼 지독한 자물쇠에 철문을 달아놓은 걸 보면 많은 양의 정혈이 쌓여 있을 것이라는 상상이 가능했다.

철문, 아니, 금고라고 해야 마땅할 그 앞에 굳은 얼굴로 서 있는 강도 옆에서 얏코가 무겁게 중얼거렸다.

"위에 올라가서 이걸 열 수 있는 와다무를 잡아와야겠어요."

금고를 노려보던 강도가 갑자기 오른손을 내밀면서 중얼거렸다.

"파멸도."

스웅!

공기조차 통할 것 같지 않은 지하 3층까지 파멸도가 전송되어 그의 손에 잡혔다.

얏코는 강도의 오른손에 움켜쥐어져 있는, 핏물에 담갔다가 막 꺼낸 것 같은 시뻘겋고 커다란 칼을 바라보면서 의아한 표정을 지었다.

강도가 무엇을 하려는 건지 짐작하지 못한 것이다.

'설마……'

그러나 그녀는 곧 어이없다는 표정을 지었다.

강도가 저 커다란 칼로 금고를 부수려 한다는 사실을 짐작한 것이다.

'말도 안 돼.'

그녀는 저 철문이 대포로 쏴도 뚫어지지 않을 것이라고 생각했다.

그런데 한낱 쇠붙이인 칼로 어쩌겠다는 말인가.

강도가 제아무리 절대신군이라고 해도 이것은 불가능한 일이라고 믿었다.

"물러서라."

강도의 말에 얏코는 반사적으로 급히 물러섰다.

그녀가 뒷걸음질 치면서 쳐다보니 강도는 어떤 특별한 준비 자세 같은 것도 없이 그저 두 손으로 잡은 칼을 머리 위로 치켜들고 있었다.

그때 얏코는 강도의 몸에서 눈부신 칠채 성광이 뿜어지는 것을 보았고, 천둥소리 같은 굉음을 들었다.

구우웅!

이어 하늘과 땅이 동시에 갈라지는 듯한 엄청난 폭음이 터졌다.

쩌쩌쩡!

"아앗!"

무슨 강력한 여파 같은 것이 휘몰아쳤기 때문이 아니라 순전히 엄청난 폭음 때문에, 그 폭음이 온몸을 찢어발기는 것 같아서 얏코는 두 손으로 귀를 틀어막으면서 비틀비틀 뒤로 물러나다가 주저앉았다.

그녀가 정신을 차리고 다시 봤을 때 강도는 보이지 않았다.

"아……!"

깜짝 놀라서 급히 일어나 금고 가까이 다가간 그녀는 얼굴이 하얘졌다.

"말도 안 돼."

조금 전 강도가 칼로 금고의 철문을 부수려고 할 때 속으로 한 말이 지금 입 밖으로 흘러나왔다.

금고의 철문이 있던 자리에 철문이 보이지 않았다.

아니, 철문은 있는데 한가운데가 커다랗게 뻥 뚫려 있고 구멍 주위가 종잇장처럼 갈가리 찢어져 있다.

마치 지하 깊은 곳의 벙커를 박살 낸다는 미국의 GBU—57 벙커 버스터가 철문에 투하된 듯한 광경이다.

얏코는 뻥 뚫린 철문으로 다가가려다가 뒤쪽 복도 끝의 엘리베이터 소리를 들었다.

"놈들이 몰려와요."

금고 안에 들어가 있던 강도가 밖으로 나왔다.

그의 오른손에는 파멸도가, 왼손에는 조그만 약병 같은 것이 쥐어져 있다.

휙!

강도는 얏코에게 약병을 던져주고 복도로 쏘아갔다.

복도 저쪽에서 20여 명의 제복을 입은 남자들이 우르르 몰려오고 있는데 한눈에 봐도 요괴 우푸망들이다.

그중에 카카라음투 한 명과 탐바찌음투 세 명이 섞여 있지만 우푸망이 대다수였다.

엘리베이터가 화물용이라서 한꺼번에 20여 명이나 타고 내려온 것이다.

강도는 그대로 돌진하며 파멸도를 그었다.

스와앙!

파멸도에서 핏빛의 선(線)이 번쩍하고 뻗어 나가 춤을 추면서 요괴들의 목을 잘랐다.

거짓말 보태지 않고 강도는 딱 1초 만에 요괴 20여 명의 목을 모조리 베어버리고 그대로 엘리베이터에 타서 지하 2층 버튼을 눌렀다.

이곳의 요괴들을 모조리 처리하고 나서 다시 이곳으로 올 생각이다.

스르!

지하 2층 엘리베이터 문이 열리자마자 강도가 밖으로 튀어 나가는데 마침 제복 입은 요괴들이 달려오고 있었다.

파멸도가 번뜩이자 달려오던 요괴 여덟 명의 목이 잘려서 우르르 거꾸러졌다.

강도는 죽은 요괴의 몸뚱이 하나를 발로 툭 차서 엘리베이터로 밀어 보냈다.

닫히려던 엘리베이터 문이 요괴 몸뚱이 때문에 닫히지 않고 지하 2층에서 정지했다.

강도는 성난 사자처럼 요괴들을 향해 돌진했다.

병원으로 치면 지하 2층은 수술실 같은 곳이었다.

강도가 지하 2층에 있는 요괴 18명을 모두 죽인 후 파악해 보니 요괴 의사 네 명과 간호사 여덟 명이 젊은 요괴 남녀들을 수술하고 있었다.

지상에서 지하로 내려오는 방법은 엘리베이터뿐인데 강도가 엘리베이터 문에 죽은 요괴의 몸뚱이를 걸쳐놨기 때문에 그걸 치우지 않는 한 아무도 지하 2층으로 내려오지 못할 것이다.

강도는 요괴 의사들과 간호사들을 제압하지 않았다.

시험을 해보니 그들은 전혀 싸울 줄 모르는 게 분명했다.

아마도 요계의 전사 외의 족속인 것 같았다.

이를테면 이들은 학문 그중에서도 의학을 하는 요괴였다.

다행히 요괴 의사와 간호사들은 인간의 말, 그중에서도 한국말을 할 줄 알았다.

그래서 강도는 그들의 입을 통해서 놀라운 사실을 알아냈다.

요괴 의사 네 명과 간호사 여덟 명은 두 달 전부터 이곳에서 젊은 요괴 남녀들을 수술하고 있다는 것이었다.

그런데 그들의 수술 내용이 한마디로 기가 막혔다.

요괴를 수술해서 현 세계의 인간으로 둔갑시킨다고 했다.

이들 의사와 간호사들이 할 수 있는 일은 외과적인 수술뿐이었다.

당연히 그것만으로는 요괴를 인간으로 전환시킬 수가 없다.

거기에 필요한 것이 정혈이었다.

그것도 인간에게서 채취한 생짜 정혈이 아니라 그것을 요괴 의학자들이 가일층 순도 높은 정혈로 정제시켰다는 것이다.

그것이 이른바 '정제순혈'이다.

원래의 정혈 100cc를 특별한 방법으로 정제하여 정제순혈 10mg을 만든다.

그래서 외과 수술을 거친 요괴에게 정제순혈 2mg을 주사하면 완벽한 현 세계 인간으로 재탄생한다는 것이다.

그러니까 조금 전에 강도가 지하 3층 금고 안에서 본 약병, 아니, 주사액 캡슐이 바로 정제순혈이다.

그리고 지하 3층에 잠들어 있는 80명의 젊은 요괴 남녀들은 인간으로의 전환 수술 과정을 끝낸 상태였다.

이곳 지하 2층에는 수술을 받았거나 받는 중, 그리고 수술 대기 상태인 요괴가 15명 정도 있었다.

요괴 의사들이 지난 두 달 동안 인간으로 전환시킨 요괴가 하루에 20명씩 모두 1,200명에 달한다고 했다.

강도는 요괴 의사와 간호사들의 혈도를 제압했다.

그들은 요계의 전사가 아니기 때문에 민간인이다.

전시에 민간인을 죽이는 짓은 금기다.

지금은 전시였다.

우웅!

강도는 엘리베이터를 타고 지하 1층을 통과하여 지상 1층으로 올라갔다.

바로 거기가 요괴 소굴이었다.

엘리베이터가 불통이라서 지하로 내려가지 못하는 요괴 수십 명이 엘리베이터 앞에 몰려 있었다.

요괴들은 올라온 엘리베이터에 강도 혼자 서 있는 걸 발견하고는 수중의 칼과 기이한 무기들을 휘두르면서 일제히 공격해 왔다.

쏴아악!

하지만 그들은 공격할 때보다 더 빠르게 뒤로 퉁겨져 날아갔다.

파아아!

공격할 때는 온전한 몸이었지만 뒤로 퉁겨질 때는 하나같이 목이 잘린 모습이었다.

지하까지 포함해서 총 5층 건물인 이곳의 지휘부 및 요괴 전사 숙소는 지상 1층에 있었다.

강도는 지상 1층에 있는 요괴 170여 명을 한 명도 남기지 않고 모조리 죽였다.

간혹 전사가 아닌 여자 몇 명을 발견했지만 그녀들마저 깡그리 죽였다.

강도는 2분 남짓에 요괴 170여 명을 죽이고 나서 엘리베이터가 움직이지 못하도록 문에 시체를 끼워 넣었다.

그러고는 1층 건물 문을 열고 밖으로 나갔다.

그런데 그때 건물 앞에 SUV 한 대가 막 멈추고 있었다.

끽!

강도는 2층으로 뻗어 있는 옥외 계단으로 가려다가 멈추고 SUV를 쳐다보았다.

범맹 협사조장 안예모가 부조장 등 남녀 조원 다섯 명과 함께 급히 SUV에서 내렸다.

그들이 허공을 향해 손을 뻗자 그들 손에 일제히 무기가 전송되어 잡혔다.

안예모는 2층 건물의 1층에서 나와 2층 옥외 계단으로 가려다가 멈추고 이쪽을 쳐다보고 있는 건장한 사내를 똑바로 직시했다.

"흑!"

순간 안예모는 억눌린 듯한 답답한 신음 소리를 냈다.

지금 그의 심정은 뭐라고 표현할 수가 없었다.

저기 우뚝 서 있는 사내를 보는 순간 마치 눈앞에서 태양을 대한 듯 온몸이 녹아버리는 괴이한 느낌을 받았다.

그리고 그를 똑바로 쳐다보는 것이 용서받지 못할 불경처럼 느껴졌다.

안예모가 힐끗 조원들을 둘러보자 그들 역시 똑같은 느낌을 받은 듯 참담한 표정을 짓고 있었다.

'도대체 저자가 누구기에…….'

안예모는 자신이 가장 존경하는 범맹 부맹주에게도 이런 엄청난 기도는 느끼지 못했다.

안예모의 시선이 방금 전에 사내가 나온 듯한 건물 1층 입구로 향했다.

그러고는 1층 입구 안쪽 바닥에 목이 잘린 요괴들이 어지럽게 쓰러져 있는 광경을 발견했다.

"당신은 누구……."

"거기에서 움직이지 말고 기다려라."

안예모가 물어보려고 하는데 강도가 말을 툭 잘랐다.

고저 없이 나직이 중얼거린 강도는 안예모 등의 대답도 듣지 않고 옥외 계단을 성큼성큼 올라갔다.

강도는 놀라운 경공술 같은 걸 사용하지 않고 그저 걸어서 옥외 계단을 올라갔다.

그런데도 안예모는 거대한 산악이 2층으로 이동하는 듯한 착각이 들었다.

끽―

그때 한 대의 승용차와 한 대의 SUV가 달려와 안예모가 타고 온 SUV 좌우에 멈추더니 범맹 협사조원들이 우르르 쏟아져 내렸다.

새로 합류한 열 명의 조원은 우두커니 서 있는 안예모 일행 좌우에 몰려와 섰다.

"조장, 늦었습니다."

그러나 넋이 나간 안예모에게선 아무런 대답이 없었다.

방금 합류한 조원들은 안예모 등이 보고 있는 방향을 쳐다보았다.

그곳의 옥외 계단 2층에서는 커다란 핏빛 도를 쥔 오른손을 늘어뜨린 한 사내가 막 2층 문을 열고 있었다.

그 사내가 들어가고 나서 방금 합류한 조원 중의 한 명이 안예모의 곁으로 다가와 물었다.

"조장, 무슨 일입니까?"

그러나 안예모에게선 여전히 대답이 없었다.

그때 1층 입구의 문 안쪽을 쳐다보던, 방금 합류한 조원 몇명이 목 잘린 요괴 시체들을 발견하고는 낮게 외치며 그곳으로 달려갔다.

"조장, 저기 시체들이⋯⋯!"

"멈춰라!"

안예모가 짧고 나직이 외쳤다.

그는 조금 전에 핏빛 도의 사내가 한 말을 심상치 않게 해석하고 있었다.

"거기에서 움직이지 말고 기다려라."

사내는 그렇게 말했다.

협박이나 엄포도 아니고 험상궂은 표정을 짓지도 않으면서 그저 무표정하게 그렇게 말했다.

그러나 안예모는 그 말속에 함축된 뜻을 간파했다.

안예모가 핏빛 도의 사내에게서 최초에 느낀 엄청난 기도가 헛것이 아니라면 그의 말을 거역하는 것은 모험이다.

괜한 모험은 할 필요가 없다는 것이 안예모의 생각이다.

그때 2층에서 몇 마디 답답한 신음 소리가 들렸다.

안예모는 핏빛 도의 사내가 2층에서 요괴들을 죽이고 있는 것이라고 짐작했다.

'누굴까?'

안예모는 핏빛 도의 사내가 누구인지 곰곰이 생각해 보았으나 생각나는 사람이 없었다.

2층은 연구실.

그곳에서 요계 의학자와 과학자 여덟 명이 정혈을 정제순 혈로 만들고 있었다.

강도는 연구실을 지키는 요괴 여섯 명을 모두 죽이고 요계 의학자와 과학자 여덟 명을 한군데로 모았다.

"현천."

그리고 현천자 구인겸에게 전화를 했다.

—주군!

구인겸이 강도의 손목시계 휴대폰에서 튀어나올 것처럼 반갑게 소리쳤다.

"은밀한 장소를 한 군데 제공하게."

강도는 거두절미하고 요구했다.

—어떤 용도입니까?

"요계가 정혈의 순도를 높여서 정제순혈을 만들고 있네. 그걸로 요족을 인간으로 탈바꿈시키는 시술도 하고 있더군. 어쨌든 그 기계들과 기술자들을 보내겠네."

—아, 그런 일이…….

구인겸은 너무 놀라서 말을 잇지 못했다.

—좌표를 보내 드리겠습니다.

강도가 통화를 끝내려는데 구인겸이 급히 물었다.

—요족 기술자들은 어떻게 하면 됩니까?

"그곳에서 계속 정제순혈을 만들도록 하게."

—아, 하지만 저희 쪽에 보유하고 있는 정혈이 3천 cc 정도뿐이어서…….

"정혈은 내가 보내주겠네."

—아, 감사합니다.

통화를 끝낸 강도는 2층 연구실 안에 있는 연구 설비와 기계장치, 요괴들을 몽땅 구인겸이 보낸 좌표로 전송했다.

강도는 창을 통해서 아래층 마당을 내려다보았다.

안예모 등 15명이 모여 서 있는 광경을 보고는 엘리베이터를 타고 지하 3층으로 내려갔다.

"신군!"

강도가 지하 3층에 내려서자마자 얏코가 달려오면서 소리를 질렀다.

파멸도를 맹으로 보내 빈손인 강도는 얏코와 함께 금고로 걸어가면서 미간을 좁혔다.

"너까지 날 신군으로 부르지 마라."

얏코는 아까 강도가 준 약병을 손에 쥐고는 야릇한 표정으로 고개를 갸웃거렸다.

"그럼 뭐라고 불러요?"

"신군 빼고 알아서 불러라."

얏코가 배시시 묘한 미소를 지었다.

"오빠… 라고 불러요?"

"좋을 대로 해라."

얏코가 요계 나이로 여덟 살이니 강도를 아저씨라고 불러도 되지만 오빠도 괜찮을 것 같았다.

"알았어요, 오빠!"

얏코는 괜히 신이 나서 큰 소리를 냈다.

하긴 요계 나이 여덟 살은 현 세계로 치면 스물두세 살쯤이니 강도의 동생뻘이다.

얏코가 금고 앞에서 약병을 내밀면서 물었다.

"오빠, 금고 안에 이런 게 수만 개나 있던데, 이게 뭐죠?"

"정제순혈이다."

"그게 뭐죠?"

강도는 이곳에서 요계 의학자와 과학자들이 정혈의 순도를 높여서 정제순혈을 만들어 요족을 현 세계 인간으로 만들고 있다는 사실을 설명해 주었다.

"맙소사!"

얏코가 아연실색한 얼굴로 금고를 가리켰다.

"약병 하나가 30㎎이고 박스 하나에 100개씩 들어 있는데 저 안에 370박스나 있어요. 아직 정제하지 않은 순혈도 수십만 cc나 있고요."

강도가 요괴들을 죽이고 위층을 정리하는 사이 얏코는 금고 안을 정리한 모양이다.

강도는 금고 안에 있는 정제순혈 박스만 따로 꺼내서 금고밖에 쌓았다.

얏코는 아무 말도 하지 않고 강도가 하는 걸 지켜보았다.

강도는 휴대폰에 부천 오피스텔 좌표를 입력한 후 차곡차곡 쌓여 있는 정제순혈 370박스를 전송했다.

스웃.

얏코는 그걸 보면서도 어디로 보내느냐고 묻지 않았다.

"정혈이 모두 얼마나 되느냐?"

"계산해 보니 65만 cc쯤 되는 것 같아요."

강도가 지금까지 인중병원이나 서울대양병원에서 얻은 정혈은 여기에 있는 65만 cc에 비하면 새 발의 피다.

"이리 와서 날 잡아라."

강도는 말하면서 휴대폰을 조작하여 조금 전에 구인겸이 가르쳐 준 좌표를 입력했다.

그는 구인겸에게 정혈 65만 cc와 그것을 정제순혈로 만들 수 있는 기계장치와 인력을 보내면서 추호도 그를 의심하지 않았다.

한번 믿으면 끝까지 간다는 것이 그의 모토이기 때문이다.

얏코가 옷자락을 잡자 강도가 지적했다.

"몸을 잡아라."

얏코는 혀를 쏙 내밀더니 그의 뒤로 가서 두 팔로 그를 백허그했다.

스우우.

그 순간 지하 3층에 있던 정혈과 40개의 방에 누워 있던

80명의 젊은 남녀들이 구인겸에게 전송되었다.

안예모를 비롯한 15명은 최초의 그 자리에서 10여 분 동안 움직이지 않고 있었다.

하지만 아무것도 하지 않은 건 아니다.

이곳에서 벌어지고 있는 상황을 범맹 WCMT 본부로 최대한 자세하게 알렸다.

범맹 WCMT 본부에서는 핏빛 도의 사내가 지시한 대로 그 자리에서 움직이지 말되 그 사내가 다시 나타나면 그의 모습을 스캔해서 본부로 전송하라고 지시했다.

안예모 등은 강도가 다시 모습을 나타낼 것으로 예상되는 2층 문을 뚫어지게 주시하고 있었다.

부우웅!

그런데 전혀 다른 방향의 지하에서 소형 트럭 한 대가 빠른 속도로 튀어나왔다.

끽!

안예모 등이 놀라고 있는데, 소형 트럭의 창문이 열리면서 운전석의 강도가 안예모를 턱짓으로 불렀다.

"이리 와라."

강도의 기도에 짓눌려 있는 안예모는 그때까지도 그가 자신에게 거침없이 반말을 하고 있다는 사실을 깨닫지 못하고 있었다.

안예모는 강도에게 다가가기 전에 손으로 슬쩍 입을 가리면서 조원들에게 강도를 스캔하라고 전음폰으로 명령했다.

안예모가 조원들에게 한 말을 강도가 못 들을 리 없다.

그는 다가오는 안예모의 뒤쪽으로 무형지기를 발출하여 무형의 막을 쳤다.

"너, 어디 소속이냐?"

강도는 운전석 창 옆으로 다가온 안예모를 보면서 물었다.

그는 평소 아무에게나 반말을 하지 않는데 조금 전에는 요괴들을 주살한 직후라 감정이 격앙된 상태에서 안예모를 봤기에 곧장 반말이 튀어 나갔다.

"범맹 협사조장이오."

이상하게도 안예모는 강도가 자신에게 반말을 하는 것을 당연하게 받아들였다.

외려 자신이 그에게 깍듯이 존대를 해야 하는데 '하오'라고 한 것에 대해서 속으로 전전긍긍했다.

"범맹 부맹주가 누구냐?"

"그건……."

안예모가 머뭇거리자 강도는 슬쩍 미간을 좁혔다.

"범맹 부맹주가 누구냐고 물었다."

안예모는 움찔하며 급히 대답했다.

"유성추혼(流星追魂)이십니다."

강도의 눈빛이 가볍게 변하는 것을 안예모는 보았다.

"알았다."

그는 턱으로 2층 건물을 가리켰다.

"여긴 너희에게 맡기마."

부우웅!

"아, 이것 보시오!"

그 말을 끝으로 강도가 소형 트럭을 몰고 급출발하자 안예
모는 다급하게 그를 불렀다.

하지만 소형 트럭은 곧 공장 건물 모퉁이를 돌아 사라졌다.

안예모는 자신이 타고 온 SUV로 달려갔다.

핏빛 도의 사내를 이대로 보내서는 안 된다고 그의 본능이
외치고 있었다.

"어서 타!"

안예모는 운전석에 타면서 외쳤다.

SUV는 부조장과 몇 명의 조원을 태우고 총알처럼 튀어 나
갔다. 그런데 SUV가 모퉁이를 돌았을 때 안예모의 표정이 확
변했다.

바로 코앞에 핏빛 도의 사내가 타고 있는 소형 트럭이 멈춰
서 있었기 때문이다.

끼아악!

급브레이크를 밟았지만 SUV는 소형 트럭 뒤꽁무니를 들이받고 말았다.

쿵!

안전벨트를 맬 겨를이 없던 안예모 등은 앞창과 시트에 몸을 부딪쳤다.

하지만 전공이 펼쳐진 상황이라서 모두 무공을 지니고 있는 덕분에 부상을 당하진 않았다.

그러나 SUV에서 내려 소형 트럭으로 달려간 안예모는 자존심에 큰 상처를 입어야만 했다.

소형 트럭에는 아무도 없었다.

안예모는 다시 한 번 낙담하고 말았다.

부하들에게 핏빛 도의 사내를 스캔하라고 명령했는데 그마저도 실패했기 때문이다.

조원 두 명이 분명히 몰래카메라 수준으로 핏빛 도의 사내를 은밀하게 촬영하고 스캔했는데 결과는 아무것도 찍히지 않았다.

노이즈처럼 부옇게 빈 하늘만 스캔한 것으로 나왔다.

더구나 같이 찍은 안예모의 모습마저도 나오지 않았다.

핏빛 도의 사내에 대한 궁금증이 불치병처럼 안예모의 머릿속에 가득 찼다.

*   *   *

강도와 얏코는 신갈에 있는 명성실업에서 이동간을 이용하여 부천 오피스텔로 순간 이동을 했다.

"앗! 이게 다 뭐예요?"

강도의 팔을 잡은 상태에서 오피스텔에 도착한 얏코가 비명을 질렀다.

25평 오피스텔에 박스가 가득 쌓여 있었기 때문이다.

두 사람은 수북한 박스 더미 한복판에 서 있었다.

강도가 대답하기도 전에 얏코는 박스의 정체가 무엇인지 알아차렸다.

불과 3~4분 전 명성실업 지하 3층에서 본 정제순혈이 담긴 그 박스였다.

강도가 그걸 어디로 전송하나 했더니 370박스 모두 이곳으로 보낸 것이다.

얏코는 어이없는 표정을 지었다가 강도를 살짝 흘겼다.

"장사하실 거예요?"

강도가 박스들을 한쪽에 쌓으면서 말했다.

"첫 손님은 너다."

"네?"

"이것들을 정리하고 나서 널 완전한 인간으로 만들어주마."

"……"

얏코는 화들짝 놀라며 눈을 커다랗게 떴다.

그녀는 박스들을 한쪽 벽면에 쌓고 있는 강도를 물끄러미 바라보았다.

몸이 가늘게 떨리며 온몸에 강한 전기가 흐르는 것처럼 찌릿찌릿했다.

요족은 눈물을 흘리지 않는다.

외방계에서 오랜 세월 동안 살다 보니 생리적으로 눈물을 흘리지 않게 되었다.

얏코가 인간이었다면 지금 크게 감격해서 펑펑 눈물을 흘렸을 것이다.

그녀는 강도에게 자신과 부족을 맡긴 일이 이처럼 기쁠 수가 없었다.

설사 나중에 일이 잘못되더라도 그녀는 그것을 절대로 후회하지 않을 자신이 있었다.

라면 박스 절반 크기의 정제순혈 박스 370개가 어수선하게 널려 있을 때는 오피스텔 전체를 차지했는데 다 치우고 나니 한쪽 벽면을 차지하는 정도가 되었다.

"와다무 의사의 말로는 정혈낭부터 제거해야 한다더라."

"그럼 어떻게 해요?"

소파에 마주 앉은 강도는 얏코를 인간으로 전환시키는 것에 대해서 얘기했다.

"내가 해야지."

"신군… 아니, 오빠께서요?"

얏코는 깜짝 놀라 소파에서 발딱 일어섰다.

"그럼 병원에 갈래?"

"그, 그건 싫어요!"

얏코가 뾰족하게 소리쳤다.

젊은 여자 요괴가 현 세계 인간들의 병원에 가다니 말도 안 되는 일이다.

더구나 인간 의사 앞에 아랫도리를 까고 다리를 벌려야 한다는 것은 상상만 해도 머리에 쥐가 날 일이다.

얏코는 소파에 앉아서 두 손을 앞에 모으고 공손하게 고개를 숙였다.

"오빠께서 해주세요."

요괴는 아무리 부끄러워도 얼굴이 붉어지지 않는다.

만약 그럴 수 있다면 지금 얏코의 얼굴은 홍시를 방불케 했을 것이다.

바지를 벗고 소파에 누운 얏코는 눈을 질끈 감았다.

"다리 벌려라."

그녀는 부끄러워서 죽을 지경인데 강도는 아무렇지도 않은 듯 태연하게 주문했다.

'오빠는 정말……'

그러나 얏코는 자신이 다리를 벌리지 않으면 정혈낭을 제거하지 못한다는 사실을 잘 알기에 하는 수 없이 두 다리를 활짝 벌렸다.

여자의 음부와 항문 사이의 간격은 길어야 2~3㎝를 넘지 않는데 바로 거기에 얏코의 정혈낭이 꽈리처럼 탱글탱글 매달려 있었다.

강도는 얏코의 아래쪽에 앉아서 자세히 살펴보았다.

요괴 의사의 말로는 정혈낭뿐만 아니라 뿌리까지 뽑아야만 완전히 제거된다고 했다.

"뿌리를 뽑아야 하니까 아플 수도 있다."

"어서 하세요."

닥쳐올 고통보다는 현재의 부끄러움 때문에 죽을 것만 같은 얏코였다.

스슷.

강도는 얏코의 고통을 감소시켜 주기 위해 항문과 음부 주변의 세 군데 혈도를 눌렀다.

이어서 손가락을 모아 정혈낭을 잡고 지그시 찔렀다.

"으음……."

얏코가 나직한 신음을 흘렸다.

고통 때문이 아니라 강도의 손이 음부와 항문을 동시에 찌르고 있었기 때문이다.

강도는 손가락에 진기를 모아 얏코의 정혈낭 아래 살 속으로 주입시켰다.

손끝에 정혈낭의 뿌리가 두툼하게 느껴졌다.

쑤우우.

"아아……."

정혈낭이 뿌리째 뽑히기 시작하자 얏코는 움찔하면서 신음을 흘렸다.

츄웃!

"악!"

이윽고 정혈낭이 완전히 뽑혔다.

얏코는 사타구니가 통째로 뽑히는 것 같은 통증을 느꼈다.

하지만 못 참을 정도는 아니었다.

만약 강도가 혈도를 제압하지 않았다면 기절하고 말았을 것이다.

강도는 떼어낸, 아니, 뽑아낸 정혈낭을 왼손에 옮겨 쥐고 오른손을 활짝 펴서 사타구니 전체를 덮었다.

이어서 부드러운 진기를 주입하여 정혈낭을 뽑아낸 상처를 없애는 동시에 통증이 가라앉도록 했다.

"하아아……."

얏코는 고통이 빠르게 가라앉는 걸 느꼈다.

이윽고 강도가 손을 뗐다.

"됐다."

그렇지만 경황 중이라서 얏코는 그의 말을 듣지 못하고 통닭 같은 자세로 가만히 있었다.

강도가 얏코의 허옇고 넓적한 엉덩이를 때렸다.

철썩!

"아얏!"

"일어나서 옷 입어라."

바지를 입고 있던 얏코가 손에 있는 정혈낭을 휴지통으로 던지려는 강도를 보고 소리쳤다.

"버리지 마세요!"

강도가 동작을 멈추고 쳐다보자 그녀는 짧은 시간 동안 뭔가를 골똘하게 생각하더니 입을 열었다.

"와다무에게 정혈낭이 뭔 줄 아세요?"

강도는 카펨부아의 정혈낭이 터져서 눈과 얼굴에 튀던 것을 생각해 냈다.

"이건 인간에게서 정혈을 흡수하여 보관하는 것이고, 또 이성을 호리는 거 아니냐?"

"10%만 맞아요."

얏코는 아직 아무도 모르고 있는 정혈낭의 비밀을 강도에게만은 얘기해 줘야겠다고 생각했다.

"와다무에겐 누구나 정혈낭이 있어요. 현 세계 인간에게서 정혈을 흡수한 적이 없는 와다무도 정혈낭을 갖고 있다고요. 태어날 때부터 갖고 있기 때문이에요."

"그래?"

"우린 정혈낭을 외카다무(Wekadamu:순결한 피)라고 불러요. 와다무들은 한 달에 한 번 발정기가 있는데 그때 외카다무에서 강렬한 진액과 향(香)이 분비돼요."

강도는 얏코의 맞은편에 앉았다.

"우린 발정기 때만 섹스를 하는데 그걸 톰바(Tomba:교미)라고 해요."

얏코가 수줍은 듯 강도를 바라보았다.

"외카다무가 없으면 톰바를 할 수 있을지 없을지는 모르겠어요. 그렇지만 외카다무의 능력은 톰바가 10%일 뿐 90%는 능력의 결정체예요."

강도는 손에 쥐고 있는 정혈낭 외카다무를 들여다보았다.

"오빠께서 그걸 드시면 필경 좋은 일이 일어날 거예요."

"이걸 먹으라는 거냐?"

"께름칙해요?"

"그런 건 아니다. 그런데 좋은 일이라는 게 뭐냐?"

"사실은 저도 몰라요."

강도가 조금 어이없는 표정을 짓자 얏코는 대수롭지 않게 손을 저었다.

"드시기 싫으면 버리세요."

그렇지만 강도는 외카다무를 입에 쏙 집어넣고는 단숨에 꿀꺽 삼켰다.

일말의 망설임도 없는 그의 행동을 보고 얏코는 깜짝 놀랐다가 배시시 미소 지었다.

'과연 용감한 분이시다.'

강도는 얏코에게 정제순혈 2㎎을 주사한 후 그녀의 명문혈에 진기를 주입해서 정제순혈이 온몸으로 골고루 퍼지도록 했다.

요계의 의사는 요괴에게 정제순혈을 주사하고 마취시켜서 강제로 잠을 재운다고 했다.

그렇게 24시간 잠을 푹 자고 나야지만 그동안 정제순혈이 온몸에 고르게 퍼져서 완전한 인간이 된다는 건데, 강도는 진기를 주입해서 24시간을 1분으로 앞당겼다.

강도가 얏코의 등에서 손바닥을 뗐다.

슥—

"됐다."

"네?"

얏코는 와다무에서 현 세계의 인간으로 전환하는 과정이 이렇게 빠르고 간단하다는 사실에 놀랐다.

"넌 지금부터 인간이 된 것 같다. 나도 잘 모르니까 네가 직접 확인해 봐라."

얏코는 긴장된 표정을 지으며 거울 앞에 섰다.

그녀는 거울 속의 얼굴을 뚫어지게 주시했다.

이마의 도드라진 붉은 별 표식이 보이지 않았다.

아무리 인간의 모습으로 변신하고 있어도 와다무 눈에는 본모습이 보이게 마련이다.

그런데 지금 얏코에게서는 와다무의 모습이 하나도 보이지 않았다.

"아……!"

그녀는 감격해서 두 손으로 얼굴을 쓰다듬었다.

두 눈에서 투명한 눈물이 방울방울 흘러내렸다.

와다무는 눈물을 흘리지 않는다.

그녀는 정말 인간이 된 것이다.

그녀는 눈물을 펑펑 흘리면서 뒤돌아서 강도에게 외쳤다.

"정말 중가가 됐어요!"

강도는 서울대양병원에서 원장 행세를 하던 바우만이 얏코에게 어째서 중가 편을 드느냐고 꾸짖는 말을 들었다.

"우리 인간을 중가라고 하는 거냐?"

"네. 제가 정말 중가가 되다니… 꿈만 같아요!"

얏코는 눈물을 흘리면서 한 마리 나비처럼 팔랑팔랑 뛰어가 강도에게 안겼다.

"고마워요, 오빠. 정말 고마워요."

현천자 구인겸에게서 전화가 왔다.

―주군, 약소하지만 제가 마련해 둔 게 있습니다.

"뭔가?"

―주군께서 현 세계에서 활동하시는 데 불편하시지 않도록 나름대로 준비한 것입니다.

"괜한 일을 했군."

구인겸은 강도의 대쪽 같은 성격을 잘 알기에 은연중에 그의 말을 묵살해 버렸다.

―메일 보냈습니다. 그리고 얼마 안 되지만 약간의 용돈도 같이 보냈습니다.

"됐네."

―주군, 받지 않으시면 제가 섭섭합니다.

"이 사람이……."

―마음에 드셨으면 좋겠습니다.

그러고는 구인겸이 일방적으로 전화를 끊었다.

띠롱~

휴대폰에 메일이 도착했다.

강도가 메일을 열자 여러 가지가 와르르 떴다.

구인겸은 강도 앞으로 집과 별장, 사무실 세 개를 매입했다. 그리고 최고급 승용차와 SUV, 개조한 승합차를 각 한 대씩 석 대를 집 차고에 놔두었다고 한다.

마지막으로 강도의 이름으로 은행 계좌를 개설하여 1,000억 원을 입금했다.

메일 말미에는 '이것들은 제가 직접 구입했으며 저밖에 모릅니다'라는 글이 있었다.

                    *   *   *

불맹 BCMT 본부.

불맹삼로인 무로, 용로, 협로가 둘러앉아서 몇 장의 서류를 돌아가면서 읽고 있다.

세 사람의 표정은 심각하기 짝이 없었다.

"음, 서울대양병원이 요계에게 장악됐었다니……."

용로가 무거운 목소리로 중얼거렸다.

이들은 얼마 전에 서울대양병원에서 요괴 오백여 명이 모조리 목이 잘린 채 죽었다는 보고를 받았다.

또한 그것을 오로지 한 사람이 해치웠다는 보고도 함께 받았다.

세 사람이 열심히 서류를 읽고 있는 앞쪽에는 불맹 병계주가 두 손을 앞에 모은 채 서 있었다.

무로가 서류를 보면서 병계주에게 물었다.

"그 시각에 신군병고에서 유성검이 전송됐다는 건가?"

병계주는 깜짝 놀랐다.

"그, 그렇습니다."

"이후에 신군의 병기가 한 번 더 전송됐다고?"

"파멸도가 전송됐습니다."

"어딘가?"

"리무브(Remove)됐습니다."

"전송된 장소를 그쪽에서 지웠다는 건가?"

"그런 것 같습니다."

협로가 재차 확인했다.

"유성검하고 파멸도가 전송된 장소 둘 다 리무브됐다는 거지?"

"그렇습니다."

불맹삼로는 머리를 맞대고 전음으로 상의했다.

병계주가 눈을 좁혔다.

'영감탱이들이……'

병계주는 불맹삼로가 자기들끼리 전음으로 속닥거리는 게 아니꼬웠다.

불맹십로, 그중에서도 최고위인 삼로라면 부맹주 다음 서열이라서 병계주 정도는 그들 앞에서 숨도 크게 쉬지 못해야 한다.

그렇지만 병계주는 부맹주 전황의 심복이다.

병계주는 전황에게 꼬박꼬박 정확하게 보고하고 그의 명령이라면 불속이라도 뛰어든다.

그러나 불맹삼로에겐 대충대충 보고하고 그것도 그들이 요구해야만 마지못해서 갖다 주는 식이었다.

불맹삼로도 그것을 알고 있기 때문에 병계주 앞에서는 노골적으로 그를 왕따시키는 것이었다.

"됐다. 너는 그만 가봐라."

불맹삼로는 전음으로 속닥거리다가 협로가 우두커니 서 있는 병계주에게 손짓했다.

병계주는 꾸벅 허리를 굽히고 물러갔다.

제16장
킬러 질코스(Gyilkos)

협로는 공력을 끌어 올려서 병계주가 완전히 사라진 것을 확인한 후 가라앉은 목소리로 조용히 말했다.

"그러니까 무로 말씀은 인중병원 때 유성검과 파멸도, 신룡비 등 신군의 병기가 전송됐으니까 그 당시에 인중병원의 전공을 세운 졸구조장 산예도가 신군일 가능성이 있다는 얘기요?"

무로는 고개를 끄떡였다.

"졸구조장 산예도는 승진하기 전에 졸구조의 십팔 호 전사였소. 그는 신군이 무림에서 월계하여 현 세계에 온 10월

17일에 왔소."

"음, 여기 자료를 보면 산예도는 10월 17일 첫 번째 임무인 분당 야탑 제7지역 매지봉 전투에서 혁혁한 전공을 세운 것으로 되어 있소."

용로가 서류 한 장을 내밀었다.

"10월 17일 오전 10시 15분에 최초의 유성검이 전송됐소."

협로는 얼굴을 찌푸렸다.

"도대체 어째서 신군의 병기가 전송된 장소만 리무브된 건지 모르겠군."

"도맹과 범맹에도 알아보니까 그쪽에서도 신군의 병기가 전송된 날짜와 시간만 알고 있지 장소에 대해서는 전혀 모르고 있었소."

"그렇다면 삼맹에서 리무브한 건 아니라는 얘기로군."

무림에서 곤륜파 장문인이었던 용로가 진지하게 자신의 의견을 말했다.

"이럴 게 아니라 우리가 직접 확인을 해봅시다."

"어떻게 말이오?"

"산예도를 부릅시다."

용로의 말에 협로가 테이블을 가리켰다.

"여기 ID에 산예도 사진이 있잖소?"

불맹삼로의 시선이 테이블에 펼쳐져 있는 한 장의 자료로 향했다.

거기에는 어제 병팔조장으로 승진한 산예도의 신상 명세와 사진이 있었다.

그러나 사진은 흐릿해서 남자인지 여자인지조차도 구별이 되지 않을 정도였다.

"대체 누가 ID 사진을 이따위로 찍은 건지, 쯧쯧."

뿌연 사진을 보고 있는 불맹삼로의 얼굴이 사진처럼 뿌옇게 변했다.

"현재로선 산예도가 신군일 가능성은 반반이오. 답답하게 속을 끓이고 있을 게 아니라 산예도를 불러서 확인합시다."

강경한 용로의 말에 협로의 안색이 흐려졌다.

"불러서 산예도면 괜찮지만 만에 하나 신군일 경우 우린 불경을 저지르는 것이오."

여기에 있는 불맹삼로만이 아니라 불맹십로 모두는 신군의 수하이다.

2년 전 무림에서 구파일방의 장문인과 장로들 모두 한날한시에 절대신군의 수하가 되는 의식을 치렀다.

그런데 수하가 된 몸으로 신군을 오라고 소환하는 것은 크나큰 불경인 것이다.

"어쩔 수 없소. 그 죄는 노납이 받겠소."

결국 무로가 결단을 내렸다.

"내일 아침에 산예도를 맹으로 소환하겠소."

불맹삼로의 전용 휴게실에 귀신도 모를 도청 장치를 설치해 놓은 병계주는 그들이 나눈 대화를 고스란히 녹음했다.

그러고는 그걸 들고 부맹주 전황에게 달려갔다.

*　　　　　*　　　　　*

현 세계의 인간인 중가가 된 얏코는 엉덩이에서 비파 소리가 날 정도로 신바람이 나서 커피를 탔다.

그동안 강도는 소파에 앉아서 잠깐 운공을 해보았다.

얏코의 정혈낭을 먹은 것이 나쁘다는 생각은 하지 않지만 그래도 그게 어떤 영향을 미치는지는 알아야 했다.

그는 정혈낭, 아니, 외카다무를 먹은 후에 용해하지 않고 위에 보관하고 있었다.

그는 진기로 외카다무를 살짝 터뜨렸다.

위에서 외카다무가 팍, 하고 터지는 게 느껴졌다.

이어서 외카다무를 용해하여 천천히 전신으로 보냈다.

전신 365 손혈(孫穴) 구석구석까지 외카다무의 액체가 스며드는 것이 또렷하게 느껴졌다.

그렇게 2분 정도 지났을 때 강도는 맨 먼저 눈이 매우 밝아지고, 정신이 투명하리만치 맑아지는 것을 느꼈다.

그는 무림에서나 현 세계에서나 누구도 따라오지 못할 극한의 초절고수이기 때문에 시력이나 정신의 쾌청함은 상시 최상이었다.

그런데 지금 그보다 조금 더 좋아졌다.

그 차이는 미미하지만 강도 정도의 초절고수라면 그것을 또렷하게 느낄 수 있다.

'흠.'

아직까지는 그 두 가지 외에는 별다른 변화가…….

있다.

지금 막 느껴졌다.

아랫도리가 뻐근하면서 묵직해졌다.

그것은 마치 키가 갑자기 쑥 자란 것처럼 그의 남성이 불끈하고 커진 것 같은 느낌이다.

그리고 그것이 잔뜩 힘을 줘서 주먹을 쥔 것처럼 무척이나 단단해졌다.

딸깍.

얏코는 소파에 앉아 있는 강도가 지그시 정면을 주시하고 있는 모습을 보고 그가 외카다무를 용해하고 있는 것이라고 짐작했다.

그러다가 문득 얏코는 몹시 그윽한 향기를 맡았다.

코를 벌름거리던 그녀는 그 향기가 강도의 몸에서 풍기고 있다는 사실을 깨달았다.

그것은 와다무가 한 달에 한 번 발정을 할 때 외카다무에서 뿜어내는 향기에 비해 백 배나 더 달콤하고 강렬했다.

와다무의 외카다무가 인간에게서 발현할 때에는 또 다른 형태가 되는 것 같았다.

강도는 한아람에게 전화를 했다.

원래 그는 누구에게 전화를 하거나 안부를 묻는 등의 친절한 행동을 하는 사람이 아니다.

그렇지만 무림에 다녀온 이후 현 세계에 와서는 그러한 성격에 약간의 변화가 생겼다.

가족, 그리고 측근들은 자신이 챙겨야 한다는 생각을 하게 되었다.

—신군, 여기 병원이에요.

강도는 미간을 좁혔다.

서울대양병원에서 한아람과 염정환이 원장 바우만의 에테르에 상처를 입었지만 강도가 치료를 해주었기 때문에 병원에 갈 정도는 아니다.

—염정환의 아들이 입원해 있어요.

그런데 한아람이 뜻밖의 말을 했다. 한아람과 염정환이 아니라 염정환의 아들이 입원해 있다고 한다.

―불치병이라는데… 너무 불쌍해요.

한아람이 울먹거렸다.

―백혈병 말기라서 앞으로 한 달을 넘기지 못할 거래요. 아홉 살밖에 안 된 어린아이가… 흑!

한아람은 끝내 울음을 터뜨렸다.

한아람은 강도에게 병원 화장실 좌표를 보내주었다.

사람이 많은 곳에서 그가 갑자기 나타나면 다들 놀랄 것이기에 비교적 한적한 화장실을 선택한 것이다.

스우우.

"아……."

좁은 화장실 안에 서 있던 한아람은 갑자기 나타난 강도에게 밀려서 몸이 휘청거렸다.

그녀는 거울 앞에서 손을 씻는 곳이 아니라 변기가 있는 화장실 안에 있었던 것이다.

손을 씻는 곳에 다른 사람이 있다가 강도가 나타나면 기겁할까 봐 그녀 딴에는 신경을 쓴 것이다.

한아람은 쓰러지지 않으려고 두 손으로 강도의 허리를 안고 얼굴을 붉혔다.

"왜 이런 곳으로 부른 것이냐?"

"저는… 이곳이 제일 적합할 것 같아서……."

강도가 눈살을 찌푸리자 한아람이 죄스러운 표정으로 변명했다.

딸깍.

"나가자."

강도가 문을 열고 나가자 한아람이 얼른 뒤쫓아 나왔다.

그런데 밖의 거울 앞에서 옷매무새를 고치고 있던 여자가 같은 화장실에서 나오는 강도와 한아람을 거울로 보면서 화들짝 놀라는 표정을 지었다.

"앗!"

딸깍.

그때 옆쪽 화장실 문이 열리며 한 여자가 치마의 지퍼를 올리면서 나오다가 강도를 발견하고는 움찔 놀랐다.

"꺄아악!"

그러고는 날카로운 비명을 터뜨릴 때 강도는 쏜살같이 밖으로 튀어 나갔다.

거긴 여자 화장실이었다.

병원 복도를 성큼성큼 걸어가는 강도를 종종걸음으로 뒤따르면서 한아람은 연신 고개를 조아렸다.

"죄송해요. 신군을 모실 만한 장소로 생각나는 곳이 거기밖에 없었어요."

"아람아."

"네… 네?"

"어디 앉아서 염정환 아들 얘기 좀 제대로 해봐라."

"아, 네."

염정환의 아홉 살짜리 아들 영재는 만성골수성백혈병을 앓고 있다고 했다.

이미 백혈병 암세포가 간과 비장, 림프선, 척수까지 전이되어 병원으로서도 더 이상 손을 쓸 수 없는 최악의 상태라는 것이다.

영재는 초등학교 1학년 여름에 발병하여 일 년 넘게 병실에서 처절한 투병 생활을 이어오고 있었다.

직업군인이던 염정환이 아들을 살리기 위해 할 수 있는 일은 엄청나게 비싼 치료비를 구하는 것과 한 가닥 희망을 잃지 않고 기도하는 일뿐이었다고 한다.

그렇지만 아들의 병은 점점 더 깊어졌다.

염정환과 아내, 그리고 다섯 살짜리 딸은 보름밖에 남지 않은 아들 곁에서 안타까운 눈물을 흘리고 있을 뿐이다.

병원 휴게실은 마주 보고 앉는 게 아니라 나란히 앉도록 되어 있었다.

강도 옆에 앉아서 설명을 끝낸 한아람은 그에게서 뭐라고 형언할 수 없을 정도로 그윽한 향기가 풍기는 것을 느끼고 기분이 몹시 좋아졌다.

'흐응, 신군님이 너무 좋아.'

그녀는 자신도 모르는 사이에 강도 어깨에 머리를 기대고 지그시 눈을 감았다.

지금 그녀의 얼굴에는 세상에서 가장 행복한 표정이 떠올라 있었다.

"가자."

"앗!"

강도가 벌떡 일어나는 바람에 한아람이 의자에 퍽석 엎어지자 주위의 사람들이 미소를 지었다.

그녀는 얼굴이 새빨개져서 부랴부랴 강도를 뒤쫓았다.

"그렇게 갑자기 일어나면 어떻게 해요?"

한아람이 강도의 큰 걸음과 보조를 맞추느라 거의 뛰다시피 하며 종알거렸다.

"아람아."

강도가 걸으면서 쳐다보자 그녀는 찔끔하며 고개를 숙였다.

"죄송해요."

한아람은 금방 잘못했다고 말하고는 강도 옆을 쫄랑쫄랑 따르며 그의 옆얼굴을 올려다보았다.

"염정환 아들에게 정혈을 쓰실 건가요?"

강도가 대답이 없는데도 그녀는 개의치 않았다.

"저도 정혈 5cc 맞고 신군께서 진기를 주입해 주셨잖아요? 그런데 변화가 장난이 아니에요."

한아람도 강주처럼 몸매가 월등해지고 더 아름다워졌으며 키가 커졌다는 사실을 강도는 벌써 알고 있었다.

뿐만 아니라 그녀는 성격도 대범해졌을 뿐만 아니라 무공도 꽤 증진됐다.

"그 아이에게 정혈을 주사하고 신군께서 진기를 주입해 주신다면 어쩌면 소생할지도 몰라요."

그녀는 쉴 새 없이 나불거렸다.

한아람은 강도가 온다는 말을 염정환에게 하지 않았다.

4인실 병실은 흡사 피난민 수용소 같았다.

백혈병으로 입원한 아동 병실이라서 부모와 형제, 일가친척들이 아이가 누워 있는 병상 옆에 붙어 앉아 있었다.

병실 내에는 암울한 기운이 짙게 내려앉아 있었다.

"아……."

창가 쪽 병상에 누워 있는 아들을 물끄러미 굽어보고 있던 염정환이 병실로 들어선 강도를 뒤늦게 발견하고는 화들짝 놀라며 벌떡 일어섰다.

"시, 신⋯⋯."

그는 '신군'이라고 말하려다가 실내에 사람이 많은 탓에 그냥 꾸벅 허리를 굽혔다.

"어떻게 여기까지⋯⋯."

"아들은 어떤가?"

강도가 가까이 다가가면서 묻자 염정환은 착잡한 표정으로 병상의 아이를 굽어보았다.

"좋지 않습니다."

"내가 좀 보지."

염정환은 의아한 표정을 지었다.

강도 옆에서 한아람이 윙크를 하며 배시시 웃었다.

[신군께서 아이에게 정혈을 주사하실 거야.]

"아⋯⋯."

한아람의 전음을 들은 염정환은 지옥 불구덩이에서 허우적 거리다가 빠져나오는 듯한 표정을 지었다.

강도는 염정환에게 커튼을 치라고 눈짓을 보냈다.

촤아아―

염정환은 허둥거리면서 커튼을 치고 커튼 밖에서 두 손을 맞잡았다.

'오오, 제발…….'

그는 강도가 자신에게 정혈을 주사하고 진기를 주입해 주어서 무공이 조금 높아지고 또 컨디션이 몹시 좋아졌는 데도 불구하고 정혈이 아들에게도 효과가 있을 것이라는 생각은 눈곱만큼도 하지 못했다.

그런데 한아람의 말을 들으니 정혈이 아니라 신군의 능력이라면 죽어가는 아들을 살릴 수도 있을 거라는 한 가닥 희망이 생겼다.

그때 다섯 살짜리 딸아이와 함께 밖에 나갔던 염정환의 아내가 돌아와서 병상에 커튼이 쳐져 있는 것을 보고는 안색이 새하얗게 질렸다.

"무… 슨 일이에요?"

아내는 아들이 잘못된 것이 아닌지 심장이 철렁 내려앉았다.

염정환은 커튼을 걷고 들어가려는 아내를 데리고 병실 밖으로 나갔다.

강도는 머리를 박박 깎고 핏기 한 점 없이 누워 있는 깡마른 아이를 굽어보았다.

아이는 자는 것처럼 눈을 감고 있다가 몹시 힘겹게 눈을 뜨고는 강도를 바라보았다.

"아저씨, 울 아빠 친구예요?"

강도는 미소를 지으며 아이의 머리를 쓰다듬었다.

"그래."

아이가 환하게 웃었다.

"울 아빠 최고······."

하지만 아이는 말을 끝내지 못하고 스르르 눈을 감으며 기절했다.

강도는 잠시 아이를 굽어보다가 이윽고 안주머니에서 정제순혈 30㎎짜리 한 병과 일회용 주사기를 꺼냈다.

그는 정제순혈이 말기 백혈병 환자를 깨끗하게 치료할 것이라고 확신하지는 않는다.

그러나 정제순혈을 주사하고 자신이 진기를 주입하여 체내 여기저기로 퍼진 암세포를 괴사시킨다면 지금보다 상태가 좋아질 것이라고 생각했다.

어쨌든 최선을 다할 생각이다.

커튼 밖에서는 한아람과 염정환, 염정환의 아내가 초조한 표정으로 서 있고, 다섯 살짜리 어린 딸은 염정환의 품에 안겨 잠들어 있었다.

남편이 하늘처럼 모시고 있는 윗사람이라고 하지만 그가 다 죽어가는 아들을 살리지는 못할 거라고 생각하면서도 기다리는 마음이 초조하기 짝이 없는 아내가 바싹 마른 입술을 열었다.

"여보……."

염정환은 강도의 치료에 방해가 될까 봐 급히 손가락을 입에 대고 조용히 하라는 시늉을 했다.

차륵.

그때 커튼이 젖혀지면서 강도가 나왔다.

한아람과 염정환, 그리고 그의 아내는 기대와 염려가 뒤섞인 표정으로 강도를 바라보았다.

강도는 힘든 기색 없이 아이를 가리켰다.

"영재가 아빠 자랑을 많이 하더군."

"네?"

세 사람이 쳐다보니 아이가 눈을 뜨고 염정환과 엄마를 말끄러미 바라보고 있다.

"아빠, 엄마."

여느 때처럼 기운이 하나도 없는 목소리가 아니라 아프기 전에 들은 짤랑짤랑한 힘찬 목소리다.

"여, 영재야……."

영재가 혼자서 두 손으로 바닥을 짚고 몸을 일으켜 앉는 모습을 보고 염정환과 그의 아내가 혼비백산해서 달려들었다.

"여, 영재야, 움직이면 안 된다!"

"아이고, 영재야!"

영재가 일어나 앉아서 방글방글 웃었다.

"엄마, 아빠, 나 이제 하나도 안 아파."

영재는 한참 동안이나 엄마, 아빠하고 얘기를 하고 움직이기도 했는데 정말 조금도 힘들어하지 않았다.

아니, 외려 시간이 지날수록 더 쌩쌩해졌다.

겉보기에는 병이 다 나은 것만 같았다.

"여보, 내가 지금 꿈을 꾸고 있는 거예요?"

아내가 영재를 품에 꼭 안고 펑펑 눈물을 흘렸다.

"아아, 이게 도대체……."

그제야 정신이 든 염정환은 두리번거리면서 강도의 모습을 찾았다.

한아람이 병실 밖을 가리켰다.

"가셨어."

"뭐요?"

염정환은 총에 맞은 것처럼 펄쩍 뛰었다.

"언제 가신 겁니까?"

한아람이 심드렁하게 대꾸했다.

"아까 당신들이 영재 붙잡고 징징 울 때 가셨어."

"아아……."

"그분께서 영재를 의사한테 보이랬어."

염정환은 망연자실한 표정을 지었다.

"그렇게 가시다니……."

한아람이 팔짱을 끼고 입술을 삐죽거렸다.

"그러게 말이야. 나한테는 아픈지 어떤지 한마디 묻지도 않으시고."

한아람은 서울대양병원에서 바우만에게 입은 상처가 말끔하게 다 나았다.

그것은 염정환도 마찬가지였다.

*   *   *

불맹 전당(戰堂) 3조, 즉 전삼조는 오늘 한 건 올렸다.

하남시 일대에서 가장 큰 호텔을 장악하고 있던 마계를 조금 전에 깔끔하게 소탕했다.

지금까지 현 세계에 모습을 드러낸 마족의 마군은 모두 8종류인데 그중에서 여섯 번째로 강한 야도(夜刀) 두 명과 귀부 16명을 죽이는 성과를 올렸다.

야도는 온몸이 흑인처럼 새카만데 먹칠을 한 것처럼 흑빛의 칼을 사용하기 때문에 그런 이름이 붙었다.

마계에서는 야도나 빙악, 귀부, 귀매를 뭐라고 부르는지 모르지만 삼맹에서는 그렇게 불렀다.

전당은 불맹에서 서열 4위의 외전사다.

꽤 고강한 전력의 전삼조 13명이 야도 두 명을 비롯한 귀부 16명을 죽인 것은 사실 그리 대단한 성과는 아니다.

지금까지의 전례로 봤을 때 불맹 전당의 외전사 두 명이 마계의 야도 세 명과 싸우면 대등했다.

"조장, 본부에서 답신이 왔습니다."

호텔 로비에 앉아서 한숨 돌리고 있는 전삼조장에게 부조장이 싱글벙글 웃으면서 보고했다.

전삼조장이 읊어보라는 듯 고개를 끄떡이자 부조장이 의기양양하게 휴대폰의 메일을 읽었다.

"야도 두 놈에 귀부 16놈 합쳐서 3천 6백만 원, 호텔 클리어 인센티브 1억, 도합 1억 3천 6백만 원을 방금 전에 계좌로 입금됐습니다."

전삼조장은 흐뭇하게 고개를 끄떡였고, 주위에 모여 있는 조원들은 작은 탄성을 터뜨렸다.

부조장은 계산기를 두드리더니 조원들에게 어깨를 흔들면서 보란 듯이 설명했다.

"조원 각자에게 약 780만 원씩 돌아간다."

모여 앉은 조원들은 낮게 휘파람을 불고 함성을 지르면서 신바람이 났다.

입금된 금액이 총 1억 3천 6백만 원이지만 언제나 그렇듯이 조장 몫으로 3천, 부조장이 2천, 도합 5천만 원을 뺀 8천 6백만 원을 11명의 조원이 나눈 금액이 780만 원이다.

조장과 부조장이 꽤 많이 가져가지만 아무도 불만이 없었다.

두 사람은 그만큼 대단한 능력을 발휘하기 때문이다.

전삼조는 지난주에 각자 5백만 원씩의 수입이 있었으므로 이번 주에 또다시 780만 원을 벌었으니 굉장한 수입이다.

대기업 회사원보다 백배 낫다.

그때 호텔 지배인이 조장에게 다가와서 뭐라고 말하자 조장이 손을 내저었다.

"규정상 우린 민간인들의 후의를 마음으로만 받게 되어 있습니다."

지배인은 호텔을 되찾아준 것에 대한 사례금을 비롯해 한턱 크게 내겠다고 말했다.

지배인이 돌아가는 모습을 보면서 조장 이하 조원들은 서로를 보면서 흡족하게 껄껄 웃었다.

그동안 마계가 이 큰 호텔을 통째로 지배하면서 어마어마한 피해를 보았는데 그걸 불맹 전삼조가 해결했으니 호텔 측으로서는 고마움이 이만저만하지 않을 것이다.

부조장은 휴대폰으로 조장과 각 조원들에게 돈을 송금하느라 분주하다.

그때 저쪽에서 한 명의 정장 차림 남자가 이쪽으로 똑바로 걸어오고 있다.

검은 정장을 입고 특이하게 중절모를 눌러쓴 남자는 주위를 두리번거리지도 않고 곧장 걸어왔다.

전삼조는 아직 무기를 맹으로 전송하지 않았고 전공이 펼쳐져 있는 상황이므로 어떤 적이 공격해 와도 두렵지 않았다.

더구나 다가오는 정장 남자는 매우 고급스러운 정장을 입고, 젊고 핸섬한 용모라서 전혀 적 같지 않았다.

그는 전삼조에게 다가와 멈추고는 매우 상냥한 미소를 지으며 물었다.

"누가 대장입니까?"

목소리마저도 풀잎이 스치는 것처럼 사근사근했다.

전삼조장이 부드럽게 미소 지으며 고개를 끄떡였다.

"나요. 무슨 일입니까?"

검은색의 정장 남자는 전삼조장에게 가볍게 고개를 숙여 예를 표하고 말했다.

"나는 사람을 찾고 있습니다."

전삼조장이 조원들을 둘러보았다.

"누굽니까?"

"당신들 쪽에 며칠 전 분당 야탑의 인중병원 마족들을 모두 없앤 전사가 있다던데 그가 누굽니까?"

"어……."

전삼조장은 뜻밖의 질문에 조금 당황했다.

정장 남자는 다시 한 번 정중한 태도를 보였다.

"나는 그 사람을 꼭 만나야 할 일이 있습니다. 부디 알려주시기 바랍니다."

전삼조장은 머릿속이 복잡했다.

사실 그를 비롯한 불맹의 많은 외전사는 분당 야탑 인중병원을 마계로부터 탈환하여 불맹의 산하로 접수한 일, 아니, 대사건에 대해서 다들 비상한 관심을 보였다.

그런 굉장한 일은 설사 불맹의 상삼당이라고 해도 해내기 어렵다.

마족이나 요족을 싸워서 물리치는 것도 중요하지만 그들이 장악하고 있는 현 세계의 기업을 색출해 내는 일이 몇 배나 더 어렵기 때문이다.

하물며 불맹의 최하위 졸당이, 그것도 졸당 끄트머리인 졸구조가 그런 엄청난 일을 해냈다는 사실에 불맹의 외전사와 내전사들은 경악을 금치 못했다.

그래서 불맹 휘하의 모든 전사는 졸구조장이 누군지 백방으로 조사하여 그가 산예도라는 사실을 알아냈다.

산예도는 현재 불맹에서, 아니, 도맹과 범맹을 포함하여 삼맹의 모든 전사에게 초미의 관심사로 떠오르고 있었다.

전삼조장은 정장 남자가 잘생기고 상냥하지만 불맹 내부의 일을 알고 있다는 사실에 경계심이 생겼다.

"왜 그 사람을 만나려는 겁니까?"

정장 남자는 표정이 변하지 않고 온화한 미소를 지으면서 태연하게 대답했다.

"죽이려고 그럽니다."

"뭣?"

전삼조장과 조원들은 정장 남자가 너무도 태연하게 말해서 진심으로 받아들이지 않았다.

전삼조장의 얼굴이 굳어졌다.

정장 남자가 맹에 관한 일을 알고 있는 것이나 졸구조장에서 병팔조장으로 승진한 산예도를 찾는 것, 그리고 그를 죽이려 한다는 말이 연관성이 있다는 생각이 들었다.

전삼조장은 슬쩍 인상을 쓰면서 오른손에 쥐고 있는 장검에 힘을 주었다.

"당신, 뭐야?"

정장 남자는 상냥함을 잃지 않았다.

"살수(殺手)입니다."

"뭐?"

정장 남자는 아름다운 미소를 지었다.

"홀드빌락(Foldvilag:지하 세상)에서는 나를 질코스(Gyilkos)라고 부릅니다."

전삼조장 이하 조원들은 긴장했다.

그들은 더 이상 정장 남자의 준수함과 상냥함에 현혹되지 않았다.

사실 마계에도 언어가 있었다.

그들이 지상에서 살 때에는 자신들을 엠버(Ember:인간)라고 불렀다.

그들의 조상은 호모에렉투스로서 오랜 옛날에 유럽과 지중해 연안에 살았다.

그러다가 홍적세(洪績世) 후기인 30만 년 전 대빙하기 때 두 갈래로 갈라져서 한 부류는 지상에 남았고, 다른 부류는 추위를 피해서 지하 깊숙이 숨어들었다.

지상에 남아 있던 족속은 나중에 네안데르탈인이라고 불렸는데 결국 멸종했다.

그렇지만 현 세계 인간의 몸에서 1~4%까지 네안데르탈인의 DNA가 확인되고 있는 것이 정설로 받아들여지고 있었다.

어쨌든 지하로 들어간 에렉투스들은 지하 세계에 맞게 진화를 거듭하는 동안 자신들의 말을 잃었다.

그들은 말대신 초음파로 대화를 했다.

하지만 글은 남아 있었다.

우리는 마계라고 부르는 그들, 홀드빌락의 엠버들은 현재도 글을 쓰고 읽는 것이 가능했다.

다만 입으로 말을 하지 못할 뿐이다.

정장 남자는 글로 쓸 수만 있는 언어로 자신을 '질코스'라고 부른다고 했다.

전삼조장을 비롯한 전 조원들은 이미 싸울 준비가 됐다.

"홀드빌락은 뭐고, 질코스는 또 뭐야?"

정장 남자 질코스가 희고 긴 손가락 하나를 세웠다.

"당신들 현생 인류의 말로 하면 홀드빌락은 마계이고, 질코스는 살인마 정도일까나?"

순간 전삼조장과 조원들이 일제히 호통을 치며 정장 남자를 향해 무기를 휘두르며 공격을 퍼부었다.

"이 새끼!"

"죽여라!"

쐐애액! 쉬이잉!

그러나 13명의 공격은 모두 허탕을 쳤다.

"여러분, 여기를 봐주세요."

다음 순간 13명은 머리 위에서 아주 상냥한 목소리를 듣고 움찔 놀랐다.

방금 전에 자신을 질코스라고 소개한 인물의 목소리다.

그리고는 '여기를 봐주세요'라는 말에 응답하듯이 13명은 일제히 고개를 들고 위를 쳐다보았다.

질코스의 말을 잘 들어서가 아니라 그저 반사적인 행동일 뿐이다.

그들 중에 몇 명은 이미 목소리가 들려온 곳을 향해 공격을 퍼부은 사람들도 있었다.

스퍼퍼어, 퍽!

"컥!"

"끅!"

그 순간 베란다에 걸쳐놓은 이불을 막대기로 신나게 두드리는 듯한 소리와 답답한 신음 소리가 동시에 터졌다.

위를 쳐다보던 사람 중 다섯 명의 미간이 뻥 뚫렸다.

"여기예요, 여기."

그런데 이번에는 목소리가 오른쪽에서 들렸다.

전삼조원들은 마치 해바라기처럼 목소리가 들리는 쪽을 쳐다보며 반응했다.

퍼퍼퍽!

"흑!"

"큭!"

또다시 터지는 이불 두드리는 소리와 신음 소리.

"아아, 당신들의 반응은 참으로 늦군요."

그리고 최초 질코스가 서 있던 곳에서 목소리가 들릴 때 전삼조장을 제외한 전 조원이 미간이 뚫려서 즉사했다.

"이 새끼!"

전삼조장은 목소리가 들려온 곳을 향해 발작적으로 장검을 베어가다가 동작을 뚝 멈췄다.

이마가 따끔거렸다.

전면에 서 있는 질코스가 오른팔을 쭉 뻗었는데 그의 손등에서 뻗어 나온 40㎝ 길이의 새카맣고 긴 쇠붙이의 끝이 전삼조장 미간에 닿아 있었다.

새카만 쇠붙이는 엄지손가락 굵기인데 점점 가늘어지다가 끝은 바늘처럼 가늘고 뾰족했다.

"으으……."

질코스가 손에 슬쩍 힘만 줘도 기형의 무기는 그대로 전삼조장의 미간을 꿰뚫을 것이다.

질코스는 여전히 상냥한 미소를 지었다.

"이제 말해주겠습니까, 그가 누군지?"

"으으, 이 새끼가……."

스윽.

"흐윽!"

꼬챙이가 전삼조장의 미간으로 손가락 반 마디쯤 들어가자 그의 얼굴이 일그러졌다.

질코스는 재촉하지 않았다.

다만 전삼조장이 침묵을 지킬 때마다 꼬챙이가 조금 더 깊게 미간을 파고들 뿐이다.

"크으으, 그, 그는… 불맹 병팔조장 산예도다."

"어디에 삽니까?"

"모, 모른다."

쑥!

"끅!"

꼬챙이가 깊이 푹 꽂히더니 끝이 전삼조장의 뒤통수로 튀어나왔다.

질코스가 꼬챙이를 뽑자 전삼조장의 몸이 뒤로 스르르 넘어갔다가 묵직하게 쓰러졌다.

쿵!

스응.

꼬챙이가 질코스의 소맷자락 속으로 사라졌다.

질코스는 아무 일도 없었다는 듯 호텔 현관을 향해 상체를 흔들거리면서 걸어갔다.

호텔 직원들은 이 끔찍한 광경을 처음부터 끝까지 지켜보면서 극도의 공포에 질려 있었다.

엄마에게서 전화가 왔다.

새로 이사할 집에 있으니까 일찍 퇴근하면 그곳으로 오라는 것이다.

엄마의 목소리는 어린아이처럼 잔뜩 들떠 있었다.

아버지가 불의의 사고로 돌아가신 직후부터 별별 고생을 다 하면서 월세방에, 임대 아파트를 전전했는데 이제 내 집을, 그것도 60평이나 되는 꿈도 꾸지 못한 어마어마한 아파트를 갖게 됐으니 엄마의 기쁨이야 뭐라고 설명할 수 없을 것이다.

강도에겐 현천자 구인겸이 준 저택과 별장, 여러 대의 최고급 차와 현금 1,000억 원이 있다.

하지만 엄마와 강주를 위해서는 그것을 쓰지 않을 생각이다.

임대 아파트에 살면서 찢어지게 가난했는데 갑자기 엄청난 부자가 돼버리면 엄마와 강주는 아마도 그걸 제대로 받아들이지 못할 것이다.

즉, 과부하가 걸린다는 얘기다.

행복하기는커녕 외려 불행해질 수도 있었다.

지금 이 정도면 충분했다.

강도는 전철을 탔다.

사실 그는 오피스텔에서 얏코를 현 세계의 인간으로 만들어주고 또 염정환의 아들을 치료하는 동안 줄곧 갈등하고 있었다.

범맹 협사조장 안예모에게 범맹의 부맹주가 유성추혼이라는 말을 듣고 강도는 몹시 반가웠다.

강도는 무림에서 활약하면서 많은 사람을 만나 친분을 쌓았다.

그중에서 몇 사람은 영원히 잊지 못할 절친한 사이가 되었는데 유성추혼이 그들 중 한 명이다.

한 가지 놀라운 일은 유성추혼이 강도의 신분을 전혀 모른다는 사실이다.

그 당시는 강도가 천하무림을 주유하던 시절이었으며 그 자신도 절대신군이 될 거라고는 상상도 하지 못했다.

또한 목소리뿐인 사부가 강도에게 천하무림을 일통하라는 명령을 하지 않았다.

그랬기에 강도와 유성추혼은 오로지 순수하게 행협하는 마음이 의기투합하여 일 년 이상 강호를 주유하면서 그림자처럼 붙어 다닌 것이다.

엄마의 전화가 강도의 갈등을 끝내주었다.

과거 두 사람은 절친한 사이, 아니, 의형제지간이었지만 지금은 절대신군과 범맹 부맹주라는 신분이다.

지금 두 사람이 만나면 사적이기보다는 공적으로 서로를 대하게 될 것이다.

그래서 강도는 유성추혼과의 만남을 뒤로 미루었다.

새로 이사할 아파트에는 강주도 와 있었다.

엄마는 이른 아침부터 이 아파트에 와서 잠시도 쉬지 않고 부지런을 떤 덕분에 지금 당장 이사를 와도 괜찮을 정도로 근사한 집을 만들어놓았다.

엄마가 직접 고른 재료들로 전문가들을 사서 말끔하게 도배를 했다.

그러고는 엄마 혼자 몇 시간에 걸쳐서 60평의 넓은 집 안을 일일이 쓸고 닦아서 번쩍번쩍 광이 나게 만들었다.

그다음에는 가구점과 전자 상가, 주방 용품점 등을 일일이 돌면서 살림을 하나씩 사들였다.

엄마는 이른 아침부터 날이 어두워질 때까지 잠시도 쉬지 않고 몸을 움직였다.

너무도 신나고 행복해서 힘든 줄도 몰랐다.

쉬거나 일하던 손을 멈추면 이 꿈이 깨질 것만 같아서 살얼음판을 걷듯이 조마조마한 마음으로 하루를 보냈다.

아파트는 강도가 샀지만 엄마의 수고 덕분에 새로 태어났다.

"어떠냐? 새집 같지?"

아파트에 들어선 강도에게 엄마는 신바람이 나서 아파트

곳곳을 일일이 안내해 주었다.

"여기가 주방이야."

엄마는 힘들지도 않은지 양손에 강도와 강주의 손을 잡고 집 안 곳곳, 심지어 화장실까지 안내하더니 마지막으로 주방으로 갔다.

주방 겸 식당이 지금 강도네가 살고 있는 임대 아파트 정도 크기이다.

냉장고와 전자레인지, 식탁, 소파, TV 등을 새로 장만했는데 이런 크고 좋은 집에는 어울리지 않는 값싸고 작은 것들이다.

이 정도 넓은 거실에는 65인치 TV가 어울리겠지만 엄마는 큰맘 먹고 40인치짜리 TV를 새로 샀다.

앞으로 이곳은 엄마, 아니, 강도네 가족 모두의 꿈이 영그는 지상낙원이 될 것이다.

"돈 너무 많이 썼어. 어떻게 하니?"

세 식구가 주방 식탁에 둘러앉아 있는데 엄마가 울 것 같은 표정으로 말했다.

"괜찮아요."

강주가 궁금한 얼굴로 물었다.

"얼마나 썼는데?"

"9백만 원."

강주가 눈을 동그랗게 떴다.

"엄청 많이 썼잖아?"

"그치?"

탕!

"엄마!"

강주가 두 손바닥으로 식탁을 소리 나게 내려쳤다.

"강도가 엄마 쓰라고 12억이나 줬는데 겨우 9백만 원 썼다고 울상이야?"

"애는, 9백만 원이면 내 반년 치 월급이야."

"참나, 엄마는 너무 소심해서 탈이야. 안 그래, 오빠?"

강주는 강도의 이름을 불렀다가 오빠라고 불렀다가 내키는 대로 했다.

강주가 물었지만 강도는 빙그레 웃기만 했다.

강도도 엄마가 돈에 구애받지 않고 마음껏 썼으면 좋겠지만 그러는 건 엄마 스타일이 아니다.

몇 천만 원씩 펑펑 쓰면 필경 엄마는 병이 나고 말 것이다.

엄마가 돈을 아껴서 쓰던 펑펑 쓰던 강도는 그저 엄마가 행복하면 그걸로 만족했다.

강도네 가족은 임대 아파트로 돌아왔다.

내일 새 아파트로 이사하기 때문에 오늘이 임대 아파트에서의 마지막 밤이다.

밤 10시.

강도가 자기 방 침대에 누워 있는데 잠옷 차림의 강주가 들어왔다.

"오빠, 물어볼 게 있어."

눈을 감고 있던 강도는 눈을 뜨고 강주를 쳐다보았다.

"어제 우리 집에 온 여자, 김항아 맞지?"

"나가라. 자야겠다."

그렇다고 대답하면 강주가 더 꼬치꼬치 캐물을 게 뻔하기에 강도는 눈을 감았다.

그때 책상 위에 놔둔 손목시계 휴대폰이 작게 진동했다.

우우.

강도가 다시 눈을 뜨는데 강주가 휴대폰을 집어 들었다.

"이게 뭐야? 왓치폰이야?"

강주가 휴대폰 화면을 살피더니 눈을 동그랗게 떴다.

"김항아가 전화한 거야?"

강도가 일어나 앉는데 강주는 이미 받기 버튼을 누르고 휴대폰을 귀에 댔다.

"여보세요."

―강도 씨 휴대폰 아닌가요?

"맞는데 누구시죠?"

―전화 받으신 분은 누군가요?

"동생이에요. 전화하신 분, 김항아 씨 맞죠?"

―네.

강주는 흥분했다.

그녀는 흥분하면 코를 벌름거린다.

"드라마 〈나의 꽃은 어디에서 피는가〉의 김항아 씨 맞나요?"

―맞아요. 강도 씨 계신가요?

"아아, 저 김항아 씨 열렬한 팬이에요!"

―고마워요. 저… 강도 씨는…….

탁!

강도는 강주 손에서 휴대폰을 뺏고 그녀를 문밖으로 밀어내고는 문을 잠갔다.

그는 휴대폰을 귀에 대고 침대에 누웠다.

"강돕니다."

―강도 씨!

김항아가 기쁨이 넘치는 비명을 질렀다.

강도는 오늘 김항아에게서 전화가 열 번도 넘게 왔기 때문에 한 번쯤은 받아야 할 것 같았다.

"무슨 일 있습니까?"

―꼭 무슨 일이 있어야지만 전화하나요?

"끊겠습니다."

—아니에요! 무슨 일 있어요!

"무슨 일입니까?"

김항아의 목소리가 조금 떨린다.

—밖에서 자꾸 무슨 소리가 들려요.

"밖 어디 말입니까?"

—창문 밖에요. 뭐가 두드리는 거 같아요. 그리고 엘리베이터 안에 뭐가 있는 거 같아요.

김항아가 거짓말하는 것 같지는 않았다.

아니, 그녀가 거짓말을 할 이유가 없었다.

—제가 엘리베이터에 가볼까요?

"움직이지 말고 그대로 있어요!"

강도는 버럭 소리를 질렀다.

쿵쿵쿵!

"오빠, 왜 그래? 무슨 일이야?"

방 밖으로 쫓겨난 강주가 문을 두드렸다. 강도가 소리를 치니 놀란 모양이다.

"그것 때문에 전화한 겁니까?"

—아까는… 강도 씨가 보고 싶어서 전화했는데 8시에 경호원이 돌아간 후부터 저러는 거예요. 그래서 무서워서…….

"집에 누가 있습니까?"

―저 혼자 있어요.

"최 매니저는 어디 갔습니까?"

―집에 갔어요. 퇴근한 거죠.

"이런……."

김항아네 빌라에서 숙식하며 일을 하던 메이드와 주방 아줌마는 요족이라는 사실이 발각되어 강도에게 죽었다.

―무서워서 죽겠어요.

김항아가 우는 소리를 했다.

강도가 김항아네 빌라에 요방결계를 쳐놨기 때문에 요족이 침범할 수는 없다.

그렇다고 해서 안전한 건 아니다.

김항아가 빌라를 벗어나거나 마족이 덤벼들면 당할 수밖에 없다.

요방결계는 요족만 방어하는 것이기 때문이다.

"알겠습니다. 가겠습니다."

김항아의 목소리가 밝아졌다.

―언제 오실래요?

"지금 가겠습니다."

―얼마나 걸리죠?

"금방 갈 겁니다."

강도는 말하면서 김항아네 빌라 좌표를 입력하고 공계 버튼을 눌렀다.

―두 시간은 걸리겠군요?

스우.

전송과 김항아의 목소리가 동시에 들렸다.

"최대한 빨리 오세요."

김항아의 목소리가 바로 옆에서 들렸다.

강도는 그녀를 쳐다보다가 움찔했다.

"어……."

김항아는 벌거벗은 몸으로 욕조 안에 들어가 있었다.

욕조에 비스듬히 누워서 가슴을 드러낸 채 휴대폰을 귀에 대고 있다가 강도를 쳐다보았다.

"강도 씨……."

"김항아 씨."

"어떻게……?"

김항아는 너무 놀라서 자신의 처지마저도 잊었다.

"으흠!"

강도는 괜히 헛기침을 하면서 돌아섰다.

김항아는 자신의 몸을 내려다보면서 화들짝 놀랐다.

"어멋?"

강도는 욕실 문으로 걸어갔다.

"나가 있겠습니다."

김항아는 놀란 나머지 물속으로 쏙 들어갔다.

강도가 문으로 걸어가다가 멈추었다.

사실 그는 김항아에게 일신결계를 쳐주려고 왔다.

일신결계를 치면 마족이든 요족이든 절대로 그녀를 건드리지 못한다.

김항아에게 일신결계를 치려면 팬티 한 장 걸치지 않은 나체가 돼야 하는데 지금이 딱 적당했다.

강도가 다시 김항아에게 돌아섰다.

욕조에 얼굴까지 담그고 있던 김항아는 강도가 나간 줄 알고 살며시 얼굴을 내밀었다가 그를 발견하고는 깜짝 놀랐다.

"어머?"

강도가 그녀를 굽어보며 정색을 하고 말했다.

"김항아 씨에게 일신결계를 쳐주겠습니다."

"정말요?"

어제 강도가 이 빌라에 요방결계를 쳤을 때 김항아의 새로운 경호원이 된 양진희가 그녀에게 일신결계를 쳐주라고 요구했다.

그 말을 들은 김항아가 일신결계라는 걸 쳐달라고 애원했는데 강도가 거절했다.

그때 김항아가 왜 비싸게 구느냐고 하자 양진희가 그녀에게 귓속말로 '일신결계를 치려면 누드가 돼야 한다'고 알려주었다.

김항아는 지금 자신이 벌거벗은 몸이기에 이참에 강도가 일신결계를 쳐주려는 것이라고 생각했다.

욕실은 매우 크고 넓으며 화려했는데 한쪽에는 편안히 누워서 쉴 수 있는 안락한 욕조용 침대까지 마련되어 있었다.

강도가 침대를 가리켰다.

"나와서 여기 누우십시오."

김항아가 머뭇거리고 있다.

아무리 일신결계 때문이라고는 하지만 아무것도 걸치지 않은 나체를 강도에게 보이는 것이라서 부끄러웠다.

강도는 돌아서서 참을성 있게 기다렸다.

김항아는 입술을 꼭 깨물었다.

그녀는 배우이다.

그렇지만 이날까지 촬영하면서 올 누드뿐만 아니라 상반신조차도 벗은 적이 없다.

사실 그녀는 강도에게 강렬한 호감을 품고 있었다.

그것은 어쩌면 애정의 시발점일지도 모른다.

그녀는 이제껏 남녀를 통틀어서 지금 강도에게 느끼는 호감만큼 관심을 준 사람이 한 명도 없었다.

어쩌면 그래서 더 부끄러운지도 몰랐다.

촤아!

2분쯤 지난 후 이윽고 그녀는 물속에서 일어나 천천히 욕조 밖으로 나왔다.

그러고는 돌아서 있는 강도 옆을 지나 침대에 올라가 가만히 누웠다.

이어서 눈을 꼭 감고 한 손으로는 가슴을, 다른 손으로는 은밀한 부위를 가렸다.

"누웠어요."

슥—

강도가 그녀를 향해 천천히 돌아섰다.

강도는 김항아가 몹시 긴장해서 몸이 뻣뻣해진 것을 한눈에 알아보았다.

"긴장 풀어요."

"네."

대답을 하고서도 김항아의 몸은 여전히 뻣뻣했다.

"김항아 씨, 이 상태로는 일신결계를 치지 못합니다. 긴장 풀어요."

몸에 힘을 주면 강도가 주입하는 진기가 제대로 체내에 흡수되지 않으며 혈도가 오그라들기 때문에 일신결계를 치는데 지장을 준다.

"김항아 씨, 한숨 잘래요?"

"네? 어떻게요?"

김항아가 깜짝 놀라 눈을 떴다.

"내가 김항아 씨를 잠재울 수 있습니다."

그녀가 눈을 깜빡거렸다.

잠들어서 축 늘어진 자신의 몸을 강도에게 보이는 것이 싫
었다.

"자는 건 싫어요."

"알겠습니다."

강도는 고개를 끄떡이고 명령조로 말했다.

"손 내려요."

강도의 말에 김항아가 그를 바라보았다.

그렇지만 두 손은 여전히 가슴과 은밀한 부위를 가리고 있
다.

"잡아먹지 않습니다. 손 내려요."

강도의 노골적인 말에 김항아의 얼굴이 빨개졌다.

"누, 누가 잡아먹도록 가만히 있는데요?"

그녀의 몸이 더욱 딱딱해졌다.

강도는 나직이 한숨을 내쉬었다.

"휴우, 어떻게 하면 긴장이 풀리겠습니까?"

김항아는 눈을 뜨고 있으면 강도하고 시선이 마주치기에
다시 눈을 감았다.

강도는 내색하지 않고 있지만 사실 그도 지금의 상황을 견

디기가 결코 쉽지 않았다.

혈기왕성한 25살의 젊디젊은 청년 강도로서는 욕정을 참는다는 것이 고문일 정도로 김항아의 올 누드는 매혹적이었다.

세계 최고의 솜씨를 자랑하는 장인이 백 년 동안 심혈을 기울여 나체상을 만든다고 해도 김항아의 누드만은 못할 것이다.

정말이지 어디 한 곳 흠잡을 데 없는 완벽한 몸을 가진 김항아였다.

강도는 이런 몸을 갖고 있는 또 다른 여인을 알고 있다.

강도는 무림에서 결혼한 소유빈에게 첫 동정을 바쳤다.

현 세계에서 살 때 그는 25살이 되도록 동정을 훈장처럼 달고 다녔다.

너무나도 가난하던 그는 그 나이가 될 때까지 공부하고 돈을 벌면서 현실에 충실하게 사느라 여자에게 한눈팔 겨를이 없었다.

물론 그를 좋아하면서 따라다니거나 유혹하면서 달려드는 여자도 있었다.

허우대 멀쩡하고, 학벌 좋으며, 얼굴까지 반반한 그에게 여자가 꼬이지 않았다면 거짓말이다.

하지만 그는 자신의 처지를 잘 알고 있기에 발목 잡힐 일은 애초에 저지르지 않았다.

그리고 솔직히 여자하고 밥이나 술을 먹고 모텔에 갈 돈도 없었다.

그러다가 무림에 가서 우여곡절 끝에 소유빈과 결혼한 이후에는 정말이지 허구한 날 정신 나간 사람처럼 그녀와 죽어라고 섹스만 했다.

늦게 배운 도둑질에 도끼 자루 썩는 줄 모른다는 속담처럼 25살까지 꾹꾹 눌러 참고 있던 욕정을 소유빈에게 모조리 쏟아부었다.

하여튼 강도는 눈만 뜨면 소유빈에게 달려들었다.

밤낮을 가리지 않았으며 장소도 따지지 않았다.

아마도 그와 소유빈이 섹스를 하는 광경은 그를 모시던 시녀들도 심심치 않게 목격했을 것이다.

그 정도로 섹스에 푹 빠져 지냈다.

순결한 몸이던 소유빈은 하루에도 몇 번씩 섹스를 하면서 빠르게 강도에게 길들여졌다.

두어 달이 지날 무렵에는 소유빈도 섹스의 참맛을 알게 되어 강도만큼이나 섹스를 좋아하게 되었다.

그러던 강도였는데 무림에서 현 세계로 소환된 이후 벌써 며칠씩이나 그 좋아하던 섹스를 하지 못했다.

예전에 동정을 지니고 있을 때는 야한 것을 봐도 그저 참아야 한다고 생각하면서 돌부처처럼 살았다.

하지만 3년 동안 주야장천 수천 번 섹스를 하고 나서는 욕정이란 참는 것이 아니라 터뜨리는 것이라는 사실을 그의 몸이 깨달아 버렸다.

그런 탓에 지금 그의 욕정은 김항아의 매혹적이고 요염한 자태를 대하고는 활화산처럼 들끓어 오르고 있는 중이다.

'휴우, 미치겠군.'

그는 김항아에게 일신결계를 시작하기도 전에 마음이 지쳐 버렸다.

이제부터 추궁과혈의 수법으로 그녀의 온몸 구석구석을 주무르고, 쓰다듬으며, 찌르고, 뒤틀어야 하는데 그때가 되면 그의 욕정이 어떻게 될 것인지 생각만으로도 께름칙했다.

"이름을 불러주세요."

그때 김항아가 눈을 감은 채 속삭이듯이 말했다.

"항아라고."

어려운 일이 아니다.

"항아."

"그리고 지금부터 저한테 반말을 하세요."

조금 무리한 요구가 이어졌다.

"그럼 항아 씨도 나한테 반말하세요."

그렇게 하면 조금 공평해질 것이다.

"알았어요. 먼저 하세요."

"항아, 이제부터 네 몸에 손을 댈 것이다."

김항아의 입술 끝이 살머시 올라갔다.

"알았어. 오빠 마음대로 해."

항아의 얼굴이 잘 익은 홍시처럼 붉어졌다.

말을 해놓고 보니 의미가 묘하게 들릴 수도 있기 때문이다.

강도는 선 채로 운공조식을 하여 들끓는 욕정을 가라앉히려고 애썼다.

강도 같은 초절고수는 일신결계를 펼치는 데 운공조식 같은 게 필요 없다.

하지만 또 다른 복병인 욕정을 달래는 데는 초절고수라도 운공조식이 필요했다.

"후우, 손 내려라."

"응, 오빠!"

대답하지 않아도 되는데 항아는 일부러 큰 소리로 대답하고는 두 손을 내려 차렷 자세를 취했다.

일신결계는 대상자의 체내와 체외에 서로 연결되는 보이지 않는 결계막(結界幕)을 치는 것이다.

"시작한다."

그런 말은 하지 않아도 되는데 강도답지 않게 친절하게 설명까지 해주었다.

그는 항아의 머리 쪽에 서서 두 손을 뻗었다.

"아아… 하으윽……."

항아의 입에서 요상한 신음 소리가 끊임없이 흘러나왔다.

강도는 일신결계의 주문을 외우면서 두 손으로 쉴 새 없이 항아의 몸을 주무르고, 훑고, 쓰다듬고, 찌르면서 진기를 주입했다.

그렇다고 마음 내키는 대로, 손 가는 대로 무조건 그러는 건 아니다.

주무를 부위에서는 주무르면서 거기에 딱 맞는 주문을 외우고 진기를 주입하여 주문과 진기의 배합이 일치하도록 만들어야 한다.

그런 식으로 훑으면서 하는 주문이 다르고, 진기의 용량도 다르며, 쓰다듬고 찌르는 것도 대동소이하다.

모든 것은 임독양맥(任督兩脈)을 중심으로 이루어진다.

꼬리뼈에서 시작하여 등 한복판을 관통해 정수리를 지나 윗입술에서 끝나는 양(陽)에 해당하는 독맥의 줄기.

음부와 항문 사이 회음혈에서 시작하여 아랫배와 가슴 정중앙으로 올라가 아랫입술에서 끝나는 음(陰)에 해당하는 것이 임맥의 줄기이다.

임독양맥의 70여 개 혈도를 신경 쓰면서 주로 깊이 찌르면서 진기와 주문을 주입해야 한다.

그리고 거기에서 뻗어 나간 수백 개의 혈도를 주무르고 훑어야 한다.

강도는 일신결계를 치는 일에 몰두했다.

몰두하지 않으면 정신이 흐트러지기 때문이다.

그런데 이번에는 반대로 항아가 흥분했다.

그녀는 아직 남자 경험이 없는 순결한 몸이다.

그렇지만 아무리 순결하다고 해도 인간이고 감정을 지니고 있으므로 남자, 그것도 강렬한 호감을 품고 있는 강도의 손길이 온몸 구석구석을 주무르고, 훑고, 쓰다듬고, 찔러대므로 무반응하다면 그거야말로 석녀다.

더구나 강도가 그녀의 두 다리를 들고, 또는 벌리고, 은밀한 부위를 찌르고, 주무르며 훑을 때는 부끄러움과 흥분이 범벅이 되어 견디지 못할 지경이 돼버렸다.

강도가 얼마나 주물러 댔는지 항아의 온몸은 벌겋다 못해서 시뻘겋게 변했다.

욕정을 누른 강도의 손길은 젖가슴을 터뜨릴 것처럼 주무르는 것은 물론이고 은밀한 부위라고 해서 그냥 지나치지 않았다.

"하아아… 아아……."

항아의 입에서 달뜬 신음이 즙처럼 흘러나왔다.

'주, 죽을 것 같아……'

그녀의 몸이 뒤집혔다.

이제 강도의 두 손은 그녀의 몸 뒤쪽에서 현란하고 집요하게 노닐었다.

아직 5분밖에 지나지 않았는데 항아는 몇 시간이 흐른 것 같은 착각마저 들었다.

강도의 눈에 일신결계가 끝나가는 것이 보인다.

그가 주입한 주문과 진기가 항아의 체내 전신 혈도에 주입되었다가 서로 거미줄처럼 연결되었다.

그리고 그 미세한 수천 가닥의 결계섬사(結界纖絲)가 항아의 몸 밖으로 나와 투명한 결계막을 형성했다.

마지막 관문은 항아의 칠공(七孔), 즉 귓구멍 2개와 콧구멍 2개, 입, 항문과 음부에서 그녀 본연의 체액과 강도가 주입한 진기, 그리고 주문의 영험이 한데 어우러져 배출돼 결계막에 도포(塗布)하는 것으로써 일신결계가 끝난다.

스으으.

양쪽 귀와 양쪽 콧구멍, 입, 음부와 항문에서 마치 오장육부가 다 빠져나가는 것 같은 느낌이 오히려 지독한 쾌감으로 승화되어 항아를 휘감았다.

"아아아……."

엎드려서 엉덩이를 높이 든 고양이 자세를 취한 항아는 온몸을 바들바들 떨면서 신음을 흘렸다.

"후우, 됐다."

이윽고 강도는 항아에게서 손을 떼면서 한숨을 내쉬었다.

그의 얼굴에 땀이 가득하다.

일신결계를 하느라 힘든 게 아니라 욕정과 싸우느라 애를 먹었기 때문이다.

"편한 자세로 좀 쉬도록 해라."

"아아……."

강도가 말했지만 항아는 고양이 자세를 유지한 채 신음만 내뱉었다.

강도가 욕실 문을 열고 나가며 말했다.

"항아, 씻고 나와. 바깥 좀 살펴볼게."

탁.

항아가 뭐라고 대답하기도 전에 문이 닫혔다.

항아는 엎드린 채 꼼짝도 하지 않았다.

온몸에서 불이 활활 타오르는 것만 같았다.

흥분하기도 했지만 강도가 하도 온몸을 주무르고 찔러댄 바람에 아파서 화끈거렸다.

그리고 지독한 부끄러움이 앙금처럼 자욱하게 남았다.

그녀가 잠시 누워서 몸과 마음을 추스르고 나이트가운을 입은 후 욕실에서 나왔을 때는 강도의 모습은 어디에서도 보이지 않았다.

"오빠! 어디 있어? 오빠!"

항아는 넓은 빌라를 이리저리 돌아다니면서 강도를 불렀지만 강도의 대답은 들리지 않았다.

"야! 강도야!"

그녀는 괜히 바락바락 악을 써댔다.

강도는 잘못한 게 없다. 일신결계를 쳐달라고 애원한 건 항아였다.

그녀는 강도에게 전화를 걸었다. 그렇지만 강도는 전화를 받지 않았다.

항아는 방으로 들어가 침대에 몸을 던졌다.

왜 그런지는 몰라도 자꾸만 눈물이 나왔다.

"나쁜 놈……."

퍽!

항아는 감정을 잔뜩 실어서 베개를 한 대 때렸다.

강도는 이동간을 이용하여 자신의 방으로 돌아왔다.

그는 불을 끄고 침대에 누워서 눈을 감았다.

'유빈……'

소유빈이 보고 싶어서 견딜 수가 없다.

하루에도 수십 번씩 그녀가 미치도록 그리우면 그냥 어금

니를 악물고 꾹꾹 눌러 참았다.

강도는 자신이 현 세계에 혼자 왔다고 해서 소유빈을 포기하지는 않았다.

그렇다고 언젠가는 그녀를 만날 수 있을 거라는 안이한 희망 따윌 품고 있는 것도 아니다.

처음에 느닷없이 현 세계에 소환돼서 돌아왔을 때는 앞으로 영원히 소유빈을 만나지 못할 것이라는 생각에 절망에 빠져 있었다.

그러나 도맹 부맹주 현천자 구인겸을 만난 이후 강도에겐 큰 변화가 생겼다.

불맹, 도맹, 범맹, 이 삼맹의 구조에 대해서 조금 알게 되었다.

처음부터 강도는 삼맹의 총맹주로 정해져 있었다.

아니, 원래 맹은 하나여야 했다.

그런데 무림으로 갔다가 현 세계로 돌아온 소환자들이 파벌을 만들어서 불맹과 도맹, 범맹을 제멋대로 만든 것이다.

구인겸은 강도가 절대자라고 생각한다.

강도가 마계와 요계를 비롯한 이계(異界)의 침략을 미리 예견하고 이 모든 일을 계획했다고 철석같이 믿고 있다.

그렇지만 사실은 강도의 존재는 목소리뿐인 사부의 하수인에 불과했다.

목소리뿐인 사부가 이계의 침략을 막기 위해서 이 모든 일을 꾸민 것이다.

그렇다고 해서 강도는 하수인에 만족하여 그가 짜놓은 각본대로 움직이고 싶은 생각은 추호도 없었다.

목소리뿐인 사부는 지금 발등에 떨어진 불처럼 위급한 현세계를 담보로 강도를 위협하고 있었다.

어서 모습을 드러내라는 것이다.

강도는 이제 공월계를 자유롭게 쓸 수 있게 되었다.

하지만 아직은 소유빈을 현 세계로 데려올 때가 아니었다.

이쪽이 제대로 정리되지 않은 상황에 소유빈만 혼자 덜렁 데려올 수는 없었다.

강도는 목소리뿐인 사부를 만나기 전에는 전면에 나서지 않을 각오이다.

그자를 만나서 그가 누구이며, 무엇 때문에 이런 일을 계획했고, 어째서 강도를 선택했는지 정도는 알아야 했다.

그리고 나서 협상을 하든지 거래를 하든지 뭔가를 명확하게 해놓고서 제일 먼저 소유빈을 데려올 생각이다.

그다음에 무림의 수하들을 현 세계로 초환할 것이다.

제17장
목소리뿐인 사부

새벽 3시.

강도의 잠을 깨운 것은 휴대폰의 진동이었다.

우우우.

전화를 한 사람은 뜻밖에도 현천자 구인겸이었다.

"무슨 일인가?"

―주군, 내일 아침 불맹에서 주군을 BCMT 본부로 불러들일 겁니다.

"나를?"

꼭두새벽에 구인겸이 전화로 강도를 깨울 만한 정보다.

―주군께서 신군인지 확인하기 위해서 불맹삼로가 본부로 불러들이는 것입니다.

탁!

강도는 불을 켜고 책상 앞에 앉았다.

"불맹삼로가 누군가?"

―소림과 곤륜 장문인, 그리고 개방 방주입니다.

"흠, 혜광(慧光), 만검(萬劍), 천비(千臂)로군. 곤륜은 도가인데 만검이 어째서 불맹에 있지?"

―저하고 다투고 나서 불맹으로 갔습니다.

강도는 구인겸과 곤륜파 장문인 태허만검(太虛萬劍)이 무엇 때문에 싸웠는지는 묻지 않았다.

―어떻게 하시겠습니까?

강도는 수하에게 의견을 묻는 경우가 드물었다.

결정을 내리기 전에는 측근들의 말을 경청하지만 결정은 반드시 자신이 내렸다.

"가지 않겠네."

―대타를 보내겠습니다.

"그러게."

강도가 직접 불맹 BCMT 본부에 나타나면 그를 알아보는 사람들이 있을 것이다.

불맹삼로는 졸구조장 산예도가 분당 인중병원을 마계로부

터 구한 것 때문에 산예도를 BCMT 본부로 불러서 직접 얼굴을 보려는 것일 게다.

혹시 산예도가 절대신군이 아닌가, 하는 의심을 하고 있는 게 분명했다.

목소리뿐인 사부의 그림자도 보지 못한 상황에 강도가 모습을 드러내는 일은 바람직하지 않았다.

―주군.

구인겸의 목소리가 조금 진중해졌다.

중요한 말을 하기 전의 그의 버릇이다.

―총본에는 가지 않을 생각이십니까?

"음?"

구인겸에게서 '총본'이라는 말이 처음 나왔다.

물론 강도는 '총본'이라는 말을 처음 듣는다.

구인겸은 강도를 절대자라고 믿고 있으므로 '총본'이라는 것도 강도가 만들었다고 믿고 있을 것이다.

그러니까 이럴 때는 잠자코 구인겸의 말을 들어보는 게 좋았다.

―주군께서 총본에 가서서 위(位)에 오르시면 삼맹은 자연히 주군께 복속(服屬)할 것입니다.

"그래도 시기가……."

―감히 아뢰옵건대 시기는 지금이야말로 적기입니다. 마계

와 요계가 날뛰도록 더 이상 놔두면 반격할 때를 놓치는 실기(失期)를 범할까 우려됩니다.

"흠."

─총본이 없으면 삼맹은 껍데기입니다. 삼맹에서 이용하는 모든 장치는 모두 총본에 있으므로 주군께서 하루빨리 총본에 가서서 자리를 잡으셔야 합니다.

삼맹에서 이용하는 모든 장치가 총본에 있다면 공월계도 거기에 있다는 뜻이다.

강도는 넌지시 떠봤다.

"지금 거기에 누가 있나?"

─주군께서 안배하신 대로 기술 요원들만 있습니다.

"몇 명이지?"

─15명 그대로입니다.

강도는 궁금한 게 많지만 더 물어보면 의심할 것 같아서 그만두었다.

"총본이나 사람들도 예전 그대로겠지?"

─그렇습니다. 자세한 내용은 제가 드린 휴대폰에 다 들어 있습니다.

휴대폰에 들어 있다면 더 물어볼 게 없다.

"알았네."

─그리고… 제가 드린 집에 가보셨습니까?

"가지 않았네."

구인겸이 섭섭한 목소리로 말했다.

—틈나시면 가보십시오.

"그러지."

강도는 단단한 목소리로 물었다.

"더 할 말 있나?"

—순조롭게 정제순혈을 생산하고 있습니다.

신갈 명성실업 별관에서 정혈을 정제순혈로 만들던 요족 기술자들과 기계 설비들을 구인겸에게 전송했다.

—하루에 약 5g 정도 생산되는 것 같습니다.

5g이면 적은 것 같지만 무려 5천 ㎎이니 엄청난 양이다.

2㎎으로 요족 한 명을 완전한 인간으로 변환시킬 수 있으니까 5천 ㎎이면 2,500명을 인간화시킬 수 있다.

—생산되는 정제순혈은 어떻게 할까요?

구인겸이 조심스럽게 물었다.

"모아두게."

—명을 받듭니다.

"더 할 말 있나?"

—조만간 한번 뵙고 상의드릴 일이 있습니다. 주군, 안녕히 주무십시오.

강도는 대답하지 않고 전화를 끊었다.

강도는 구인겸과 통화를 한 이후 잠이 깨버려서 침대에 누워 천장을 응시하며 이런저런 생각에 빠져들었다.

그러다가 언뜻 한 가지 생각이 뇌리를 스쳤다.

'주위를 정비해야겠다.'

말하자면 현 세계에 온 이후 조성하게 된 측근들을 제대로 정비해 둘 필요가 있다고 생각했다.

우선 한아람과 염정환이다.

이 두 사람은 무공은 약하지만 충성심이 강하고 강도의 신분을 알고 있는 몇 안 되는 사람임으로 앞으로 요긴하게 쓰임새가 많을 것이다.

그리고 스페셜솔저 사장 차동철과 양진희가 있다.

그 둘은 강도의 신분을 모르지만 기회를 봐서 알려줘도 무방할 것 같다.

지금 강도에게 필요한 사람은 절정고수가 아니라 이것저것 잔심부름을 해줄 믿을 수 있는 사람이다.

그리고 배불뚝이 태공 박하도와 그의 사부 현풍진인이 강도의 신분을 알고 있지만 염려하지 않는다.

구인겸이 두 사람에겐 함부로 입을 놀리지 말라고 단단히 주의를 주었을 것이다.

그리고 구인겸은 걱정하지 않아도 된다.

그를 믿지 못한다면 아마 믿을 사람이 아무도 없을 것이다.

일단 한아람과 염정환부터 일신결계를 쳐줘야겠다.

두 사람은 서울대양병원에서 원장 바우만의 에테르에 당해서 하마터면 죽을 뻔했다.

'내일 그 둘을 불러서 일신결계를 해줘야겠군.'

속으로 그렇게 생각하다가 강도는 움찔했다.

'이런······.'

가장 중요한 것을 잊고 있었다.

'엄마하고 강주를 잊고 있었다.'

엄마하고 강주는 측근이 아니라 가족이다.

강도를 낳아주고 키운 엄마와 한배에서 태어난 쌍둥이 여동생이다.

만에 하나 엄마와 강주에게 무슨 일이 생긴다면 강도는 아마 미쳐 버리고 말 것이다.

아버지 없는 집안에서 강도는 가장이고 유일한 남자다.

누구보다도 보호해야 마땅할 엄마와 강주를 부하들 다음에 생각해 내다니 어이없는 일이다.

강도가 지금처럼 마계와 요계를 때려죽이면서 동분서주하는 중에 엄마와 강주에게 무슨 일이 생길지 모른다.

아니, 필경 그런 위험이 닥칠 것이다.

강도는 이제부터 더욱 심하게 마계와 요계를 몰아붙일 텐데 그럴수록 가족이 더 위험해지는 것은 당연했다.

'어쩐다?'

사실 제일 먼저 떠오르는 생각은 엄마와 강주에게 일신경계를 쳐주는 방법이다.

그러면 마계든 요계든 떼거리로 몰려와도 끄떡없다.

그런데 엄마와 강주한테 어떻게 일신결계를 쳐주느냐가 문제였다.

남도 아닌 엄마하고 여동생을 발가벗겨서 아까 항아에게 해준 것처럼 온몸을 주무르고, 훑고, 찔러대야 한다.

남도 아닌 사람들이다.

그 부분에서 강도는 주먹을 움켜쥐었다.

남이 아닌 가족이니까 반드시 일신결계를 해줘야만 한다.

남은 해주면서 가족은 못 해준다는 것이 말이 되는가.

'이참에 아예 정제순혈까지 놔주자.'

정제순혈을 주사하고 강도가 진기를 주입하면 엄마와 강주는 완전히 새로 태어나게 될 것이다.

무림으로 치면 임독양맥이 소통되고, 생사현관이 뚫리며, 아울러 벌모세수까지 되는 셈이다.

그러면 엄마는 그동안 앓고 있던 관절염이니 치통 같은 것이 말끔하게 나을 것이다.

'좋아, 한다!'

까짓것, 남인 항아도 해주었는데 가족에게 못 할 게 없었다.

강도는 벌떡 일어나 문을 열고 나갔다.

강도는 조금 늦잠을 잤다.

새벽 내내 엄마와 강주에게 일신결계를 쳐주고 정제순혈을 놔주느라 애썼기 때문이다.

강도 정도의 초절고수라면 며칠 동안 한숨 자지 않아도 끄떡없지만 일부러 잠을 자지 않을 건 없다.

강도는 엄마와 강주가 떠드는 시끄러운 소리에 잠에서 깼다.

엄마는 아침부터 컨디션이 너무 좋다면서 이사 준비를 하느라 우당탕거리면서 법석을 떨었다.

강주는 강주대로 오늘 아침에는 기운이 넘쳐서 날아갈 것 같다면서 엄마를 돕겠다며 쿵쾅거리고 뛰어다녔다.

잠에서 깬 강도는 빙그레 미소를 지었다.

강도가 엄마와 강주에게 정제순혈을 놔준 덕분이다.

엄마와 강주는 오늘 아침에는 단지 컨디션이 좋은 정도만 느끼겠지만 시간이 지날수록 몸과 정신, 즉 심신이 평소하고는 크게 달라졌음을 하나둘씩 느끼게 될 것이다.

'잘한 일이다.'

강도는 스스로를 칭찬했다.

불맹 BCMT 본부.

서울 테헤란로의 중심가에는 고층 빌딩이 줄지어 늘어서 있는데 BCMT 본부는 그중 하나의 빌딩에 있다.

국내 재계 14위의 연화그룹 25층 빌딩 뒤에 두 개의 부속 건물이 있는데 그중 왼쪽 10층 건물이 불맹 BCMT 본부다.

건물 1층 현관으로 제법 많은 사람이 출입하고 있다.

저벅저벅.

정장을 입은 당당한 체격의 청년이 프런트로 걸어갔다.

"무엇을 도와드릴까요?"

프런트의 하늘색 유니폼을 입은 여자가 상냥하게 물었다.

정장 청년이 말했다.

"나는 병팔조장 산예도입니다."

"잠시 기다리세요."

여자가 인터폰으로 누군가와 연락을 취한 후, 3분쯤 뒤 귀에 이어폰을 꽂은 정장 남자가 프런트로 거의 뛰듯이 다가와 자신을 산예도라고 말한 청년에게 물었다.

"병팔조장 산예도입니까?"

"그렇습니다."

"따라오십시오."

정장 남자는 앞장서서 산예도를 엘리베이터로 데리고 갔다.

"누굴 만나는 겁니까?"

산예도의 물음에 정장 남자가 사무적으로 대답했다.

"부맹주님을 만날 겁니다."

산예도는 자신을 이곳으로 보낸 도맹 부맹주 현천자에게 불맹삼로를 만날 것이라는 얘기를 들었다.

그런데 불맹삼로가 아니라 부맹주를 만난다는 것이다.

엘리베이터에 타자 정장 남자는 8층 버튼을 눌렀다.

스르르.

그가 닫힘 버튼을 누르자 엘리베이터 문이 닫혔다.

탁!

그런데 문이 절반쯤 닫혔을 때 바깥에 중절모를 쓴 검은 정장의 남자가 느닷없이 유령처럼 나타났다.

그러고는 엘리베이터 안에 나란히 서 있는 산예도와 정장 남자를 향해 오른팔을 번개같이 뻗었다.

피잇—

츅! 츅!

"끅……."

"흐윽!"

중절모를 쓴 사내의 오른팔 소매 속에서 새카만 꼬챙이가 튀어나와 산예도와 정장 남자의 미간을 찔렀다.

엘리베이터 문이 닫히기 직전 중절모의 사내가 미소를 지으며 말했다.

"스지아(Szia：잘 가)."

위잉.

엘리베이터가 위로 올라갔다.

중절모의 사내는 낮게 휘파람을 불면서 현관으로 향했다.

그가 휘파람으로 부는 곡은 탱고 라쿰파르시타였다.

땡~

8층에서 엘리베이터가 멈췄다.

엘리베이터 앞에 대기하고 있던 부맹주의 여비서는 눈앞에서 열리는 엘리베이터 문 안쪽을 바라보면서 예쁜 미소를 지었다.

"어서 오십시오. 부맹주께서… 앗!"

그러나 여비서는 엘리베이터 바닥에 쓰러져 있는 두 사람을 발견하고는 낮게 비명을 질렀다.

여비서는 손을 뻗어 엘리베이터 문이 닫히는 것을 막고 정지 버튼을 눌렀다.

그리고는 귀에 꽂은 이어폰을 누르면서 빠르게 말했다.

"전체 출입구 차단하세요! 반복합니다! 전체 출입구 차단하세요!"

중절모를 쓴 사내 질코스가 건물을 나와 연화그룹 본관 모퉁이를 돌고 있을 때 뒤쪽 불맹 건물 현관으로 10여 명의 정장 사내가 우르르 쏟아져 나오며 현관문이 굳게 닫혔다.

질코스는 뒤도 돌아보지 않고 계속 휘적휘적 걸어갔다.

그의 휘파람 라쿰파르시타가 명랑하게 허공으로 퍼져 나갔다.

　

강도는 한아람과 염정환에게 불맹에서 소개한 회사에 다니는 것을 그만두게 했다.

"너희 둘은 오늘부터 내게 속한다."

오피스텔 소파에 앉아 있던 한아람과 염정환은 일어나서 옆으로 나가 나란히 강도에게 부복했다.

"명을 받듭니다."

"앉아라."

두 사람은 강도 맞은편에 나란히 앉아 공손한 자세를 취했다.

"너희에게 일신결계를 쳐주겠다."

두 사람은 깜짝 놀라 강도를 쳐다보았다.

그들은 일신결계가 무엇인지 알기에 놀라면서도 큰 기쁨을 감추지 못했다.

두 사람은 스스로 일신결계를 칠 정도의 능력이 없다.

그것은 워낙 난해한 데다 심후한 공력을 필요로 하기에 칠 줄 아는 사람은 무림 전체를 통틀어도 채 다섯 명도 되지 않을 것이다.

또한 강도가 일신결계를 쳐준다는 것은 한아람과 염정환을 심복으로 인정한다는 뜻이다.

강도가 일어나서 방으로 걸어갔다.

"염정환, 들어와라."

염정환은 터질 것 같은 가슴을 겨우 억누르고 강도의 뒤를 따랐다.

척!

5분 후에 염정환이 방에서 나왔다.

한아람이 기대 어린 표정으로 쳐다보니 염정환은 얼굴이 벌겋게 상기되어 몹시 감격한 표정이다.

"어때?"

한아람의 물음에 염정환은 뜻 모를 엷은 미소를 지으며 방을 가리켰다.

"어서 들어가십시오. 주군께서 기다리십니다."

강도가 기다린다는 말에 한아람은 안색이 변해 급히 방으로 들어갔다.

염정환은 바닥에 가부좌를 틀고 운공조식을 시작했다.

그렇지만 그는 운공조식을 하지 못하고 앉은 채 눈물을 주르르 흘렸다.

어제 강도가 병원에 와서 염정환의 아들 영재를 치료해 준 덕분에 만성골수성백혈병이 씻은 듯이 나았다.

담당 의사에게 보였더니 병이 깨끗이 나았다면서 불가능한 일이라며 몇 번이나 진찰을 하고, 이것저것 여러 가지 검사를 했는데 결과는 마찬가지였다.

길어야 한 달밖에 살지 못할 것이라는 사형선고를 받은 아들이 강도 덕분에 새로운 삶을 살게 되었다.

아들 때문에 하루하루 절망 속에서 허덕이던 염정환과 그의 아내의 기쁨은 뭐라고 표현할 수 없을 정도였다.

그런데 그것만이 아니었다.

아들의 입원비와 치료비가 엄청 많이 밀렸는데 강도가 그걸 다 내주고 간 것이다.

그런데도 오늘 아침 강도는 거기에 대해서는 한마디도 하지 않았다.

아들이 어떠냐고 물어보지도 않았다.

염정환은 강도에게 고마움을 표시해야 하는데, 오자마자 일신결계를 해주는 바람에 그럴 기회마저 없었다.

그가 할 수 있는 일은 그저 고마움에 굵은 눈물을 흘리는 것뿐이었다.

"다 벗어야 해요?"

한아람의 물음에 강도는 고개만 끄떡였다.

브래지어와 팬티만 남겨놓고 있는 한아람이 쭈뼛거리자 강도는 엄숙한 표정을 지었다.

"하지 않을 생각이냐?"

"아, 아니에요."

한아람은 놀라서 후다닥 브래지어와 팬티를 벗었다.

원래 한아람은 160㎝ 정도의 아담한 키와 체격을 지녔는데 지난번 정혈 5cc를 주사하고, 강도에게 진기를 주입받고 나서는 키가 3㎝ 정도 더 커졌다.

뿐만 아니라 몸의 굴곡도 완전히 S 라인이 되어 요즘은 거울 앞에서 자신의 올 누드를 보면서 자아도취에 빠지는 것이 하나의 낙이 되었을 정도다.

한아람은 제법 늘씬한 누드로 서서 두 손으로 가슴과 은밀한 부위를 가린 채 머뭇거렸다.

"누워라."

그러나 강도는 그녀를 쳐다보지도 않고 침대를 턱으로 가리켰다.

한아람은 일신결계를 치려면 어떤 상황을 거쳐야 하는지 대강 알지만 막상 올 누드가 되어 강도 앞에 누우려니 부끄러워서 어쩔 줄을 몰랐다.

"혼혈을 누르는 게 좋겠느냐?"

침대에 누운 한아람의 옆에 서서 강도가 그녀를 굽어보았
다.

"그냥 할래요."

항아도 잠든 상태에서 일신결계를 쳐주는 것은 원하지 않
았는데 한아람도 마찬가지다.

강도는 주사기에 정제순혈 2㎎을 주입하고 한아람의 어깨
에 주사했다.

"또 정혈인가요?"

"정혈 100㏄를 정제하여 10㎎으로 만든 것이다. 정제순혈이
라고 한다."

"정혈하고 뭐가 다른가요?"

"요족이 정제순혈 2㎎을 주사하면 완전한 인간이 된다."

"아……!"

한아람은 정혈과 정제순혈은 비교할 수 없을 정도라는 사
실을 깨달았다.

"내 생각이지만 이걸 주사하면 너와 염정환은 아마 생사현
관이 소통될 것이다."

"네에?"

한아람은 너무 놀라서 아무 말도 못 했다.

생사현관, 즉 막혀 있는 임독양맥이 소통되면 순식간에 무공이 두 배로 증가한다.

그뿐 아니라 내공과 무공이 증진되는 속도가 두 배 이상 빨라지기 때문에 생사현관의 소통은 모든 무림인의 평생 꿈같은 것이다.

강도가 염정환과 한아람에게 정제순혈을 놔주고 일신결계를 쳐주는 동안 연수의 전화가 열 번도 넘게 와 있다.

강도는 일신결계가 끝난 한아람을 내보내고 연수에게 전화를 걸었다.

―강도 씨예요?

연수가 비명을 질렀다.

"무슨 일이냐?"

―아이, 당신이 죽었다고 해서 얼마나 놀랐는지 알아요?

순간 강도의 뇌리를 번쩍 스치는 게 있다.

불맹에서 강도더러 오늘 아침 BCMT 본부로 들어오라는 명령이 있었다.

아침에 일어나니 그의 휴대폰에 불맹의 소환 명령이 메일로 도착해 있었다.

구인겸이 대타로 산예도를 만들어서 BCMT 본부로 보낸다고 했으므로 강도는 당연히 가지 않았다.

연수는 강도가 죽었는지 알고 놀랐다고 했다.

그렇다면 오늘 아침에 불맹에 간 가짜 산예도가 죽었다는 뜻이다.

"내가 죽어?"

강도는 무슨 일인지 짐작하면서도 확인을 해보았다.

—그래요! 당신이 오늘 아침에 BCMT 본부에 들어갔다가 살해당했다는 거예요!

"누구에게 살해당했다는 거냐?"

—그건 몰라요. 그리고 어떻게 살해당했는지도 알려지지 않았어요. 저는 BCMT 본부에 연줄이 있어서 그녀에게 귀띔받은 거예요.

"연수야."

—아아! 당신이 살아 있어서 정말 다행이에요. 당신 목소리를 듣기 전까지는 절망에 빠져서 심장이 오그라들어 죽는 줄만 알았어요.

연수는 강도의 말은 들으려고도 하지 않고 자기 할 말만 속사포처럼 쏟아냈다.

"연수야."

—당신 알죠? 저 당신 없으면 못살아요. 어쩌다가 이렇게 됐는지 모르지만… 어쨌든 당신을 죽도록 사랑해요. 그러니까 절대로 죽지 말아요, 알았죠?

"전화 끊을까?"

—네? 어째서……

"내 말을 들어야 할 것 아니냐?"

—아, 말씀하세요. 미안해요.

강도가 현 세계에 와서 제일 처음 만난 사람은 가족이 아니라 그 당시 졸당의 마사, 연수였다.

이후 며칠이 지나지 않았지만 연수는 강도에게 흠뻑 빠져서 이제는 강도 없이는 살 수 없을 정도가 되었다.

"BCMT 본부의 내부 CCTV를 볼 수 있느냐?"

—그건 왜요?

"누가 산예도를 죽였는지 봐야겠다."

—무슨 말이에요? 당신 살아 있잖아요!

연수에게 일을 시키려면 약간의 설명이 필요할 것 같았다.

"BCMT 본부에서 나더러 들어오라고 해서 내가 대타를 보냈다."

—대타라뇨? 가짜 산예도 말인가요?

"그래."

—어쩜, 당신…….

연수가 눈을 동그랗게 뜨고 놀라는 모습이 눈에 보이는 듯하다.

—당신, 어떻게 그런 거죠? BCMT 본부 내에서 누가 당신을

죽일 거라고 예상한 건가요?

"그게 아니다."

연수는 무조건적으로 강도의 말을 따르는 여자가 아니다.

그녀에게 일을 시키려면 우선 그녀를 이해시키거나 완벽하게 굴복시키는 것이 우선되어야 할 것 같았다.

그러자면 한두 마디 말로는 안 된다.

―강도 씨, 우리 만나요.

연수의 말이 아니더라도 강도는 방금 그녀를 만나서 완전한 내 사람으로 만들어야겠다고 마음먹었다.

―저 죽을 거 같아요. 당신, 너무하는 거 아닌가요?

"뭐가 말이냐?"

―저, 당신 없이는 하루도 못살아요. 그거 잘 아시잖아요. 어제는 어째서 오지 않은 거죠?

강도는 연수가 섹스를 원하고 있음을 짐작했다.

연수는 정말이지 팜므파탈 같은 여자다.

그렇다고 해서 그녀와 섹스를 하는 것이 강도로서 싫은 것은 아니다.

아니, 오히려 그녀와의 섹스를 즐기는 편이다.

다만 무림에 두고 온 소유빈에게 죄의식을 느끼는 것이 께름칙할 뿐이다.

그렇지만 현실은 그리 녹록하지가 않았다.

"지금 어디 있느냐?"

─집이에요. 아직 출근하지 않았어요.

연수의 목소리가 벌써부터 흥분에 젖어들었다.

강도는 연수에게 가기 전에 방을 나와 한아람, 염정환과 마주 앉았다.

"너희 둘, 이 근처로 이사해라."

"네에? 정말이에요?"

한아람과 염정환은 크게 기뻐했다.

하지만 염정환의 표정이 금세 흐려졌다.

그는 1년 넘게 아들의 치료비를 대느라 집을 팔고 전세로 옮겼으며, 그리고도 돈이 모자라 얼마 전에는 전세금을 빼서 병원비를 하고 월세로 내려앉았다.

강도네 집 근처로 이사하는 건 더할 나위 없이 바라는 일이지만 5백만 원 월세 보증금으로 부천 중동으로 이사하는 것은 꿈도 꾸지 못할 일이다.

"이걸 써라."

강도가 한아람에게 카드를 내밀었다.

그 카드에는 구인겸이 준 1,000억 원이 들어 있다.

강도는 구인겸이 준 저택이나 돈을 절대로 사용하지 않으려는 생각 같은 건 없었다.

그가 서울대양병원을 구인겸에게 찾아준 것은 돈으로 따진다면 몇 조 그 이상이다.

그러므로 구인겸이 준 1,000억 원을 사례비로 친다면 턱없이 모자라다고 할 수 있다.

달리 말해서 강도는 구인겸과의 주종 관계를 떠나서 이 돈을 쓸 충분한 이유가 있는 것이다.

한아람과 염정환이 카드를 보면서 의아한 표정을 짓자 강도가 설명했다.

"그걸로 적당한 집을 사라."

"지, 집을 사라고요?"

한아람과 염정환 둘 다 월세를 살고 있는 처지라서 집을 사라는 말에 혼비백산했다.

"어, 얼마짜리 집을 사라는 건가요?"

한아람의 동그란 눈이 더 동그래졌다.

강도는 자기네 아파트를 구하느라 이 동네 아파트 시세에 대해서는 잘 알게 되었다.

"3~4억이면 되지 않겠느냐?"

"……."

한아람과 염정환 둘 다 입을 딱 벌리며 경악했다.

그런데 한아람이 갑자기 한숨을 길게 내쉬더니 카드를 다시 강도에게 내밀었다.

"이건 주군께서 가지고 계세요."

강도가 쳐다보자 그녀는 놀란 가슴을 가라앉히려고 애쓰면서 말했다.

"이러는 게 어떻겠어요?"

"말해봐라."

"제가 이 오피스텔에서 사는 거예요. 여길 사무실처럼 사용하는 건 아까워요. 제가 살고 있으면 한층 온기도 있을 테고 또 식사를 비롯한 여러 가지가 편할 거예요."

"그거 괜찮군."

한아람은 이어 염정환을 쳐다보았다.

"그리고 이 사람이 살 집을 구하고 나서 주군께 말씀드리면 그때 주군께서 돈을 지불하세요."

그녀는 강도가 손에 쥐고 있는 카드를 가늘고 흰 손가락으로 가리켰다.

"이런 걸 함부로 수하에게 맡기는 건 아닌 것 같아요."

강도는 한아람의 제법 일리 있는 말에 고개를 끄떡였다.

"알았다."

"헤헤, 주제넘은 말을 해서 죄송해요."

"아람이 널 내 개인 경리로 임명하겠다."

"에엣?"

강도가 엷은 미소를 지었다.

"그럼 이걸 너한테 맡겨도 되겠지?"

한아람은 놀라움을 추스르고는 두 손으로 공손히 카드를 받으며 고개를 숙였다.

"주군의 명을 받들겠습니다."

"그리고 너희들 월급은 거기에서 필요한 만큼 써라."

"또 그러신다."

한아람이 살짝 강도를 흘겼다.

"뭐가 말이냐?"

"저희들 월급이 얼마라고 딱 정해주세요."

"얼마면 되겠느냐?"

강도는 외려 한아람에게 물었다.

"천만 원 정도면 적당할 거 같아요."

"알았다. 2천만 원으로 하자."

강도는 한아람이 말한 두 배를 말했다.

"저하고 이 사람은 차등을 둬야지요. 레벨이 다른데."

한아람은 자신이 염정환의 윗사람이라는 사실을 분명히 짚고 넘어갔다.

결국 강도는 한아람의 의견을 좇아서 그녀에겐 2천만 원, 염정환에게 1,700만 원의 월급을, 그것도 선불로 주기로 결정했다.

강도는 공계 이동간 전송하는 좌표를 연수 옆이라고 입력했다.

연수네 집은 좌표에 설정해 두지 않았지만 전화번호는 휴대폰에 입력되어 있었다.

스우.

"앗!"

연수는 욕실 앞에서 나이트가운을 벗고 막 들어가려다가 느닷없이 옆에 나타난 강도를 발견하고는 자지러졌다.

"강도 씨!"

그녀는 강도가 어떻게 해서 자신의 눈앞에 홀연히 나타났느냐에 대해서는 관심도 없었다.

와락!

그녀는 강도의 죽음이 사실이 아니라는 것, 그리고 그가 자신의 눈앞에 나타났다는 사실만으로 뛸 듯이 기뻐하며 그의 품에 안겼다.

"보고 싶었어요."

그녀는 음탕하게 몸을 꼬면서 강도 품속으로 파고들었다.

"연수야."

"하아, 할 말은 이따가 해요."

강도는 연수에게 정제순혈 2mg을 주사하고 진기를 주입했으며 이후 일신결계까지 쳐주었다.

그리고 나서 한차례 폭풍우 같은 섹스를 방금 끝냈다.

연수는 땀으로 범벅된 몸으로 강도 위에 엎드린 채 꿈틀거렸다.

"내일 안 오실 거죠? 그러니까 아예 내일 것까지 미리 해둘 거예요."

그녀는 자신의 몸 안에 있는 강도를 꼭 붙잡았다.

그녀는 아직 모르고 있지만 정제순혈에 진기를 주입한 이후 몇 배나 더 색정이 강해졌다.

연수는 몸을 흔들면서 행복한 표정을 지었다.

"아아, 최고예요, 당신. 저는 이렇게 당신과 한 몸이 된 상태에서 죽는 게 소원이에요."

강도는 자신의 얼굴 위에서 출렁거리는 커다랗고 탱탱한 한 쌍의 유방을 보며 쓴웃음을 지었다.

그는 두 번째 섹스가 끝난 후에도 연수의 욕정이 채워지지 않을 거라고 짐작했다.

그러니까 그녀의 넘치는 욕정을 잠재울 수 있는 방법은 하나뿐이다.

욕정을 짓뭉개서 아예 기절시켜 버리는 것이다.

강도가 좀 너무한 것 같다.

연수는 오르가즘의 꼭대기에 올랐다가 돌연 기절해 버렸다.

강도는 연수의 가슴을 쓰다듬으면서 부드러운 진기를 주입했다.

"아아……."

잠시 후 정신을 차린 연수가 몸을 부들부들 떨었다.

그녀는 게슴츠레한 눈으로 강도에게 안기면서 기쁨과 행복의 눈물을 흘렸다.

"아아, 소원이 이루어지는 줄 알았어요."

강도가 문득 담배를 한 대 피우고 싶다는 생각이 들어 침대 머리맡의 연수가 피우던 담배 한 개비를 뽑아 입에 물자 연수가 라이터 불을 켰다.

그런데 그녀의 손이 쉴 새 없이 달달 떨리고 있다.

"제 소원은 당신하고 섹스하다가 죽는 거예요. 조금 전에는 정말 그렇게 되는 줄 알았다니까요?"

강도는 담배 연기를 뿜어내며 연수의 머리를 쓰다듬었다.

"CCTV 말이다."

"알았어요. 제 친구한테 부탁할게요."

연수는 이유를 묻지도 않았다.

그녀는 강도의 가슴을 쓰다듬었다.

"제발 몸조심하세요. 알았죠?"

문득 강도는 연수에게 미안한 마음이 들었다.

사랑하지도 않으면서 그녀를 이용하는 것 같아서였다.

그리고 또 아내 소유빈에게도 미안했다.

염정환이 마음에 드는 아파트를 구했다면서 강도에게 보고했다.

그런데 낡은 18평짜리 소형 아파트라서 강도는 최소한 30평 이상을 구하라고 퇴짜를 놓았다.

강도는 소페셜솔저에 들르지 않고 곧장 항아네 빌라로 갔다.

항아가 오늘 부산에서 행사가 있다며 늦게 출발하면 안 된다고 강도 휴대폰에 음성 메시지와 문자를 여러 개 넣었는데 강도는 확인하지도 않았다.

초조해서 왔다 갔다 하던 최 매니저가 항아를 재촉했다.

"항아 씨, 이제 출발해야 해. 그분 더는 못 기다려. 비행기 시간 늦겠어."

그러던 최 매니저는 항아를 돌아보면서 말을 잇다가 혼비백산했다.

"지금 출발하거나 포기하거나 둘 중에 결정을… 으악!"

"아얏! 왜 그래요?"

항아는 최 매니저가 자기를 보면서 비명을 지르자 그보다 더 놀라서 더 큰 비명을 질렀다.

몸을 옹송그리며 황급히 좌우를 둘러보다가 항아는 옆에 강도가 앉아 있는 걸 보고는 앞뒤 가리지 않고 그에게 와락 안겨들었다.

"오빠!"

그녀는 두 팔로 강도의 목을 끌어안고 입술이 맞닿을 정도로 얼굴을 가깝게 가져갔다.

"왜 이제 온 거야? 얼마나 기다렸는지 알아?"

1㎝ 거리에서 항아의 매혹적인 입술이 달싹거리자 달콤한 입 냄새가 폴폴 풍겨왔다.

항아는 결혼한 적이 없지만 만약 결혼을 한다고 해도 지금 자신이 강도에게 느끼는 감정 이상의 것을 남편에게 느끼지 못할 것이다.

말하자면 항아는 강도하고 섹스를 하지 않았을 뿐이지 그 이상의 행위를 몇 번이나 했다. 그러므로 그를 연인이나 남편 그 이상으로 여기고 있었다.

여의도에서 브레이크 고장으로 샛강에 처박힌 페라리 스포츠카에서 강도가 항아를 구해낸 이후부터 바로 어제까지 벌어진 일들은 평범한 사람들이, 아니, 연인이나 부부라고 해도, 아니, 삼생을 산다고 해도 겪지 못할 굉장한 일들이다.

어느 것 하나 생사가 걸리지 않은 일이 없었고 중요하지 않은 일이 없었다.

특히 어제 강도가 항아에게 일신결계를 쳐준 일은 그녀를 완전히 승복하게 만들었다.

밤새 강도를 생각하느라 거의 뜬눈으로 지새운 항아는 갑자기 그가 나타나자 부쩍 용기가 생겼다.

그녀는 자신의 입술을 그의 입술에 살짝 부딪치고는 사근거리는 목소리로 속삭였다.

"오빠, 내 생각은 하나도 안 했지?"

연인끼리 하는 대화가 스스럼없이 흘러나왔다.

이런 경험이 많지 않은 강도는 조금 당황했다.

"응……."

항아는 강도가 '응'이라고 대답한 것으로 믿었다.

그녀는 몸을 더 밀착하면서 살짝 그의 입술을 깨물곤 잘근거렸다.

"나빴어. 나를 그렇게 해놓고 날 생각하지도 않고……."

강도가 항아를 슬쩍 밀어냈다.

"어디에 가려는 거니?"

"부산영화제에 가는데 오빠 기다리고 있었어."

최 매니저가 발을 동동거렸다.

"서둘러요. 가면서 얘기해요."

항아네 빌라의 지하 주차장에서 강도와 항아, 최 매니저, 항아의 스타일리스트가 탄 벤츠 스프린터 밴이 힘차게 굴러 나왔다.

최 매니저가 운전을 하고 조수석에는 스타일리스트인 젊지만 뚱뚱한 여자가, 그리고 뒤쪽 중간 자리에는 강도와 항아가 나란히 앉아 있었다.

"아, 꽉 막히네."

강변도로에 올라선 최 매니저는 눈앞이 캄캄해지는 표정을 지었다.

도로는 주차장을 방불케 할 정도로 꽉 막힌 상황이었다.

"이러다 비행기 놓치겠어."

그는 안절부절못하며 어쩔 줄 몰라 했지만 누굴 탓하지는 않았다.

한바탕 요괴 소동이 벌어지고 난 이후 그는 강도로 인해서 새 삶을 찾았기에 그를 은인으로 여기고 있었다.

그러니까 그가 늦게 왔다고 해서 그를 원망하는 짓 같은 건 하지 않는다.

"어떻게 하지?"

최 매니저가 중얼거렸다.

누구한테 묻는 게 아니라 혼잣말이다.

항아는 최 매니저가 속이 타든지 말든지 생글생글 환한 미소를 짓고 있다.

"그런데 궁금한 게 있어. 오빠, 뭐 하는 사람이야?"

"경호원이지."

"아이, 솔직하게 말해봐."

대한민국이 낳은 세계적 대스타인 김항아이지만 강도에게는 애교 많은 귀여운 애인처럼 굴었다.

엄청난 유명세도, 찬란한 스타 의식 같은 것도 강도 앞에서는 무용지물이라는 걸 잘 알기에 다 벗어던졌다.

대스타 김항아의 모든 것을 보고, 만지고, 또 알고 있는 사람이 바로 강도이다.

그리고 그런 강도에게 하염없이 마음이 끌리고, 또 무너지고 있는 김항아이기에 자존심 같은 건 일찌감치 포기했다.

"내가 알고 있는 오빠는 이 세상에서 가장 강하고 위대한 남자야."

그녀는 두 팔과 가슴으로 안은 강도의 팔을 흔들었다.

"비밀 지킬 테니까 나한테만 말해봐, 오빠. 응?"

롱~

그때 강도의 휴대폰에 문자가 왔다.

확인해 보니 연수가 보냈다.

사진 몇 장과 동영상 하나, 그리고 메일이다.

사진에는 중절모를 쓰고 검은 정장을 입은 젊고 준수한 사내의 모습이 여러 각도에서 찍혀 있다.

항아가 같이 들여다보다가 동영상이 나오자 깜짝 놀라는 표정으로 눈을 동그랗게 떴다.

동영상에는 중절모의 사내가 오른팔을 뻗어서 시커먼 꼬챙이 같은 걸로 엘리베이터의 두 남자 미간을 찌르는 영상이 생생하게 나오고 있었다.

그리고 마지막으로 중절모 사내가 상냥하게 미소를 지으면서 뭐라고 중얼거리는 얼굴 모습이 클로즈업됐다.

강도가 메일을 열었다.

마계 킬러 질코스예요. 삼맹의 뛰어난 많은 전사가 이자에게 죽었어요. 이자가 마지막으로 한 말이 헝가리어로 '스지아(Szia:잘 가)'라는 건 잘 알려진 사실이에요. 이자는 누굴 죽이고 난 후에 꼭 그 말을 한대요. 몸조심하세요.

"오빠, 마계 킬러 질코스가 뭐야?"

옆에서 보고 있던 항아가 물었지만 강도는 골똘히 생각 중이라서 대답하지 못했다.

항아는 멍청한 여자가 아니다.

아니, 오히려 평범한 사람보다 매우 영리한 축에 속한다.

그녀는 혼자 있을 때 자신과 강도 사이에 벌어진 일들을 종합하고 정리한 결과 나름대로 한 가지 결론을 내렸다.

강도가 요괴들을 물리치는 일종의 퇴마사 같은 사람이라는 것이다.

'마계에 킬러가 있었다고?'

강도는 정면을 주시하면서 굳은 얼굴로 내심 중얼거렸다.

불맹이 BCMT 본부로 강도를 불렀는데 그가 가지 않겠다고 해서 구인겸이 대타로 다른 사람을 보냈다.

그렇다면 마계 킬러 질코스는 강도를 노렸다는 뜻이다.

강도가 마계에 피해를 준 것은 분당 야탑의 인중병원이 전부다.

'이놈들, 이런 식으로 보복하고 삼맹의 껄끄러운 전사를 죽이는군.'

그는 미간을 슬쩍 좁혔다.

'어쩌면 이런 킬러가 한둘이 아닐 것이다.'

이런 비슷한 상황은 무림에서도 비일비재했다.

전공을 세운 사람을 상대방에서 살수를 보내 이런 식으로 '처형'하면 이쪽은 바짝 위축돼 버린다.

한 문파나 방파의 상징적인 영웅을 '처형'해 버리면 그를 존경하거나 롤모델로 삼은 많은 고수와 무사들이 의기소침해서 전의를 잃게 된다.

'이놈들, 안 되겠군.'

강도는 자신이 질코스를 죽여야겠다고 생각했다.

얏코가 준 USB에 마계와 요계의 아지트를 비롯해 여러 가지가 들어 있다.

그러나 그전에 할 일이 두어 개 있다.

강도가 휴대폰을 주머니에 집어넣고 생각에 잠겨 있는데 항아가 그의 팔을 가슴에 꼭 안으며 상체를 기대왔다.

"오빠, 우리 부산에 가거든 재미있게 놀자."

그때 최 매니저의 속 터지는 소리가 들린다.

"이런, 정말 돌겠네."

차는 아예 강변도로에 멈춰 서 있다.

"이봐, 최 매니저."

"앗! 죄송합니다!"

강도가 부르자 최 매니저는 자신이 한 말 때문에 강도가 기분이 상했다고 짐작했는지 얼굴을 핸들에 처박았다.

"시동 꺼."

"네?"

강도가 휴대폰을 꺼내며 말했다.

"시동 끄게."

"아, 알겠습니다."

영문을 모르는 최 매니저지만 일단 시동을 껐다.

"김포공항에서 비행기 타나?"

"그, 그렇습니다."

강도는 휴대폰으로 맵을 띄워서 실시간으로 김포공항 주차장을 확대하고는 빈 장소를 찾아서 좌표를 입력했다.

스우우.

벤츠 스프린터 밴이 갑자기 공중으로 둥실 떠오르는 것 같은 느낌에 항아와 최 매니저 등이 깜짝 놀랐다.

"아……!"

"뭐, 뭡니까?"

두웅.

묵직하고 흐릿한 음향과 함께 벤츠 스프린터 밴이 어느 장소에 놓였다.

강도는 앞창을 통해서 널찍한 주차장을 슬쩍 보고는 몸을 일으켰다.

"내리자."

"오빠……."

강도가 강변도로 한가운데에서 내리자는 줄 알고 항아는 어리둥절한 표정을 지었다.

"아앗!"

"꺄!"

그때 창밖의 광경을 발견한 최 매니저와 스타일리스트가

목젖이 튀어나올 만큼 비명을 질렀다.

차에서 내린 항아는 자신들이 김포공항 주차장에 와 있다는 사실에 크게 놀랐지만 곧 아이처럼 강도에게 대롱대롱 매달리며 신나는 표정을 지었다.

"헤헤, 정말 오빠는 못하는 게 없다니까."

최 매니저와 스타일리스트는 귀신한테 홀린 듯한 표정을 지우지 못하고 있다.

강도는 자신의 팔을 놓지 않고 있는 항아와 함께 공항청사로 걸어가면서 말했다.

"항아 너 들어가는 것만 보고 갈 거다."

"오빠……."

항아는 세상이 종말을 맞이한 것 같은 표정을 짓더니 두 팔로 강도의 허리를 꼭 안았다.

"싫어. 나 부산 안 갈래."

항아는 쉽게 떨어지지 않을 것 같았다.

"항아, 그 대신 너 돌아오면 그때 같이 지내자."

항아는 두 팔로 그의 허리를 꼭 안은 채 그를 올려다보았다.

"진짜지?"

"그래."

"거짓말이기만 해봐. 두 번 다시 오빠 안 볼 거야."

오늘 부산으로 가는 비행기를 타려고 대스타 김항아가 김포공항에 온다는 소식에 그것을 촬영하기 위해 각 방송사에서 수십 명이 나와 있었다.

뿐만 아니라 김항아의 팬 수백 명이 공항을 가득 메우고 있었다.

자동문이 열리고 공항 안으로 걸어 들어가던 강도는 눈앞에 벌어져 있는 광경에 얼굴을 찌푸렸다.

자동문부터 시작해 양쪽으로 경찰들이 벽을 형성하고 있었다.

슥―

강도는 재빨리 항아의 팔을 풀고 뒤돌아서 걸었다.

"오빠!"

항아가 놀라서 뒤돌아섰을 때 강도는 이미 자동문 밖으로 나가고 있었다.

강도가 자신을 뿌리치고 되돌아나갈 줄은 꿈에도 몰랐던 항아는 급히 자동문으로 달려갔지만 경찰들에 의해 제지당했다.

아니, 경찰들은 팬들로부터 항아를 보호한 것이다.

잠시 후 강도는 스페셜솔저 사장실의 문 앞에 있었다.

척!

그가 문을 열고 들어가자 그제야 여비서가 그를 발견하고 깜짝 놀랐다.

"어머, 언제 오셨어요?"

여비서의 말은 강도가 문을 닫은 후에 들렸다.

"형님!"

책상 앞에 앉아서 컴퓨터에 뭔가를 적고 있던 스페셜솔저 사장 차동철이 강도를 발견하곤 벌떡 일어섰다.

차동철이 혼비백산하여 강도 앞으로 달려왔다.

"어떻게 된 겁니까?"

차동철은 산예도가 BCMT 본부 엘리베이터에서 살해당했다는 소식을 들은 모양이다.

"할 얘기가 있다. 진희를 불러라."

"진희는 일하러 나갔습니다. 무슨 일입니까?"

차동철은 죽었다는 강도가 살아서 나타나고 또 그가 불쑥 양진희를 부르라는 말에 적잖이 긴장했다.

"진희 연결해라."

차동철이 진희에게 전화를 걸었다.

강도가 차동철에게서 휴대폰을 건네받았다.

"진희야, 너 있는 곳 좌표 나한테 보내라."

─알았어요, 오라버님.

진희는 왜냐고 묻지도 않고 좌표를 보냈다.

강도는 차동철을 데리고 이동간으로 근처의 어느 빌딩 옥
상으로 갔다.

스우.

두 사람이 옥상에 도착하자마자 진희도 불려왔다.

차동철이 놀란 얼굴로 물었다.

"맹의 승인도 없이 어떻게 공계를 마음대로 사용할 수 있습
니까?"

상삼당의 전사쯤 되어야 전공과 공계를 자유롭게 사용할
수 있으니 차동철이 놀라는 건 당연했다.

진희는 출근하자마자 경호를 나간 터라 산예도가 살해당했
다는 사실을 모르고 있었다.

난간에서 조금 떨어진 통풍구 가장자리에 앉은 강도가 말
했다.

"너희가 나 좀 도와줘야겠다."

"뭐든 말씀하십시오, 형님."

차동철이 아무리 철두철미한 성격이라고 해도 남자다. 복
잡하고 미묘한 여자보다 촉이 빠를 수가 없다.

"무슨 일이에요, 오라버님?"

진희가 강도 앞으로 한 걸음 바싹 다가서며 진지한 표정으

로 물었다.

"진희 너, 스페셜솔저 일 그만두고 나한테 와라."

"그럴게요."

"형님, 도대체 왜……."

진희는 냉큼 대답하는데 차동철은 어리둥절한 표정이다.

"문제를 하나 내겠다."

강도가 불쑥 말하자 진희는 바싹 긴장했다.

그러나 차동철은 아직도 감이 오지 않은 얼굴이다.

"갑자기 무슨 문제를……."

"내가 누구냐?"

"……."

진희는 더욱 긴장했고, 차동철은 그제야 뭔가 심상치 않다는 것을 느꼈다.

"질문해도 됩니까?"

진희가 묻자 강도가 고개를 끄떡였다.

강도는 자신이 누군지 스스로 밝히는 게 조금 낯 뜨거워 문제를 낸다고 말한 것이다.

"무림에서 오라버님 별호가 뭐였죠?"

진희는 이 문제를 길게 끌고 싶지 않았다.

"그야 산예도지. 너는 무슨 질문을……."

강도가 담담한 표정으로 짧게 대답했다.

"절대신군."

"아……."

진희가 비틀거리면서 뒤로 천천히 물러섰다.

그녀의 얼굴에 경악과 불신, 엄숙함이 약 3초 동안 차례로 떠올랐다.

차동철은 강도와 진희가 무슨 웃기지도 않는 개그를 하고 있는 것으로 여겨졌다.

"아아, 어쩐지……."

진희는 부르르 몸을 세차게 떨더니 그 자리에 천천히 무릎을 꿇었다.

그러고는 이마를 차가운 콘크리트 바닥에 대고 울먹이듯 경건한 목소리로 말했다.

"흑선나찰(黑旋羅刹) 양진희, 신군을 뵈옵니다."

"야, 진희야, 너 지금……."

차동철은 여전히 똥인지 된장인지 모른 채 진희와 강도를 번갈아 쳐다보았다.

그러다가 상체를 꼿꼿하게 세운 자세로 늠연하게 앉아 있는 강도를 보고는 부지중에 움찔했다.

사실 강도의 모습은 조금 전이나 지금이나 변함이 없지만 차동철은 갑자기 굉장한 위엄과 기도가 그에게서 뿜어지는 것을 느꼈다.

뒤늦게 그의 머리가 빠르게 돌아갔다.

"저, 정말 형님이 절대신군입니까?"

강도가 가볍게 고개를 까딱거렸다.

"어."

엉거주춤한 자세의 차동철은 강도와 진희를 번갈아 쳐다보더니 이윽고 진희의 옆에 나란히 무릎을 꿇고 부복했다.

강도가 절대신군이라는 사실을 진희는 100% 믿지만 차동철은 아직도 50%만 믿고 있다.

그걸 믿을 만한 증거가 턱없이 부족했다.

강도가 스스로 자신의 별호가 절대신군이라고 말한 것은 증거라고 할 수가 없었다.

그런 말은 누구라도 할 수 있기 때문이다.

하지만 진희에겐 그걸로 충분했다.

강도의 입으로 자신의 별호가 절대신군이라고 대답했는데 그보다 더 확실한 증거는 없다고 진희는 생각했다.

강도는 부복해 있는 두 사람을 굽어보며 조용한 목소리로 중얼거렸다.

"지금부터 너희는 내 수하다."

"감사합니다."

진희가 공손히 말하자 차동철이 깜짝 놀라며 뒤따라 말했다.

"감사합니다."

"스페셜솔저 일을 정리하는 데 얼마나 걸리겠느냐?"

"10분이면 충분합니다."

진희가 막힘없이 대답했다.

강도는 진희와 차동철을 스페셜솔저 사장실로 전송했다.

진희가 자신의 책상을 정리하기 위해 나가려고 하자 차동철이 그녀를 불렀다.

"진희야, 너 어째서 그렇게 쉽게 믿는 거지?"

진희는 어이없다는 표정을 지었다.

"눈으로 직접 보고도 모르겠어요?"

"뭘 봤다는 거야?"

"절대신군을요."

"참 나……."

진희가 정색했다.

"그렇게 못 믿겠으면 오빠는 그냥 여기에 있어요."

"너는?"

"나는 신군을 따르겠어요."

차동철은 복잡한 표정을 지은 채 입을 다물고 있다.

진희가 스페셜솔저를 그만두는 것은 자신의 책상에서 필요한 물건 몇 가지를 챙기고 컴퓨터에서 중요한 자료들을 USB에 저장하고 전체를 포맷하는 것으로 끝났다.

그녀가 다시 사장실로 오자 차동철이 그녀를 기다리고 있다.

"사표 냈다."

진희는 책상 정리만 할 뿐이지만 사장인 차동철은 사표를 여비서에게 내는 일이 하나 더 있었다.

차동철과 진희는 스페셜솔저를 나와서 강도와 만나기로 한 장소를 향해 나란히 걸었다.

"이제 그분이 절대신군이라는 걸 믿나요?"

"아직 확실하게는 못 믿겠어."

진희는 의아한 표정을 지었다.

"그럼 왜 사표를 냈죠?"

차동철이 싱긋 미소 지었다.

"그야 형님이니까."

빌딩 옥상에 있는 강도는 진희와 차동철을 기다리는 동안 현천자 구인겸에게 전화를 했다.

"휴대폰이 몇 개 필요하네."

—트랜스폰 말입니까?

"내 휴대폰이 트랜스폰인가?"

─그렇습니다. 그걸로 열 개 정도 보내 드리겠습니다.

구인겸의 목소리가 가라앉았다.

─BCMT 본부에 보낸 대타 산예도가 살해당한 건 알고 계십니까?

"알고 있네."

─산예도는 공식적으로는 죽은 겁니다.

강도는 더 이상 불맹의 병팔조장이 아니라는 뜻이다.

─주군, 도대체 뭘 기다리고 계십니까?

강도는 목소리뿐인 사부가 나타나길 기다리고 있지만 그걸 구인겸에게 말하는 것은 시기상조였다.

─징후가 심상치 않습니다. 특히 마계는 움직임이 활발합니다. 이건 제 소견입니다만……

"뭔가?"

─마계는 뭔가 한꺼번에 터뜨리려는 것 같은 느낌입니다.

강도의 머리가 빠르게 회전했다.

"마계가 대한민국을 장악하려는 것인가?"

─그런 것 같습니다. 제가 보기에도 마계는 웬만한 준비를 다 마쳤습니다.

"어떤 준비 말인가?"

─정계와 국방, 재계는 요계와 서로 나누어 먹기 식인데, 마계는 국방과 재계가 강하고, 요계는 정계와 의료계를 거의 장

악했습니다.

"자료 보내게."

—알겠습니다. 만약 주군께서 움직이신다면 제게 미리 통보해 주십시오. 부탁합니다.

그러나 강도는 대답하지 않았다.

강도가 이곳 옥상 좌표를 구인겸에게 보내자마자 트랜스폰열 개가 전송되어 왔다.

강도는 진희와 차동철을 데리고 부천 오피스텔로 공계를 이용하여 이동했다.

염정환은 아파트를 구하느라 돌아다니고 있는 중이고, 한아람은 단출한 짐을 벌써 갖고 와서 오피스텔에서 정리하고 있는 중이었다.

강도는 한아람이 타온 커피를 쥐고 그녀와 진희, 차동철을테이블 건너 소파에 나란히 앉혔다.

"이걸 받아라."

그는 트랜스폰 세 개를 각자 하나씩 나눠주었다.

세 사람은 트랜스폰을 만지작거리면서 살펴보는데 강도가작동법을 설명해 주었다.

"야아, 이거 굉장하군요?"

"공월계와 병계를 마음대로 사용하다니… 믿어지지 않아요!"

차동철과 한아람은 입이 함지박만 해져 신나는 얼굴인데 진희는 매우 진지한 표정이다.

강도가 구인겸이 보내준 자료들을 살펴보고 있는데 진희가 조심스럽게 물었다.

"이거 어디에서 났어요?"

"누가 줬다."

"이런 걸 만들어서 주군께 드릴 정도라면 굉장한 인물이겠군요?"

진희는 의심이 많은 차동철이 들으라고 하는 소리다.

강도는 대답하지 않고 다시 자료를 보면서 골똘히 생각에 잠겼다.

잠시 눈치를 살피던 한아람이 진희와 차동철을 방으로 데리고 들어갔다.

신참 두 명이 들어왔으니 서열을 분명하게 정하려는 것이다.

사람이 둘만 모이면 서열을 정하는 것이 인간의 본성이다.

한아람은 진희와 차동철을 나란히 세우고 그 앞에 서서 당돌한 표정을 지었다.

"두 사람은 내 밑이에요. 알았죠?"

차동철은 인상을 썼고 진희는 어이없다는 표정이다.

"무슨 근거로 당신이 선배라는 거죠?"

"주군을 얼마나 오래 모셨느냐가 근거죠."

"얼마나 모셨는데요?"

한아람은 숨도 쉬지 않고 즉답했다.

"2년 7개월이에요."

진희와 차동철이 똑같이 놀라는 표정을 지었다.

"무림에서 주군과 같이 있었습니까?"

차동철은 물어놓고서 눈도 깜빡이지 않고 한아람을 똑바로 주시했다.

한아람은 당연하다는 듯 의기양양하게 대답했다.

"그럼요. 나는 낙양 신군성 주작단 예하 한매궁 소속으로 신군님과 부인 신후님을 측근에서 2년 7개월 동안이나 모셨어요."

"아아……!"

진희와 차동철이 놀라움과 경탄이 뒤섞인 소리를 터뜨렸다.

진희는 어떠냐는 듯 차동철을 쳐다보았다.

차동철의 마음에서 강도가 형님에서 절대신군으로 빠르게 자리를 바꾸고 있었다.

강도는 디데이가 임박한 듯한 마계에 타격을 줄 계획을 세웠다.

한아람, 염정환, 진희, 차동철을 나란히 앉혀두고 강도는 고저 없는 목소리로 말했다.

"수방사를 공격한다."

군에 대해서 지식이 있는 차동철이 움찔 놀라며 물었다.

"수도방위사령부 말입니까?"

"그렇다."

"거기도 접수된 겁니까?"

"마계다."

모두들 바짝 긴장했다.

특히 강도를 주군으로 모신 지 한 시간 남짓밖에 안 된 진희와 차동철은 입안이 다 말라붙었다.

"설마 우리만 공격하는 건 아니겠죠?"

한아람과 염정환은 태연한데 진희와 차동철은 엉덩이가 소파에서 10㎝나 떨어졌다.

"우리끼리다."

"맙소사!"

속으로만 중얼거리려고 한 말이 차동철의 입 밖으로 흘러나왔다.

강도는 방으로 차동철과 진희를 한 사람씩 불러들여서 정제순혈을 주사하고, 진기를 주입한 후, 마지막으로 일신결계를 쳐주었다.

두 사람은 불과 10여 분 사이에 생사현관이 소통되어 무공
이 두 배로 고강해졌다.

또한 마계와 요계로부터 절대 안전하게 되었으며, 앞으로
하루에도 몇 개씩 새롭게 알게 될 놀라운 장점이 수두룩하게
생겼다.

무림인이던 사람들에게는 임독양맥, 즉 생사현관의 소통은
평생 이루어야 하는 지난한 꿈이다.

그리고 대부분 평생토록 안타깝게도 그 꿈을 이루지 못한
다.

그것을 강도가 진희와 차동철에게 불과 10여 분 만에 이루
어주었다.

그것은 강도이기에 가능한 일이다.

비록 정제순혈이 아니더라도 그는 무공을 익힌 사람의 생사
현관을 소통시켜 줄 능력이 넘친다.

진희와 차동철은 운공조식을 해보고 무공이 두 배 이상 증
진된 사실을 확인하고는 꿈을 꾸는 듯한 표정을 지우지 못하
고 희희낙락했다.

진희가 차동철을 쳐다보며 어깨를 으쓱해 보였다.

'어때요? 아직도 저분이 절대신군이라는 사실을 믿지 못하
겠어요?'라고 그녀의 표정이 말했다.

강도는 구인겸에게 마족과 요족을 식별할 수 있는 투반경 몇 개를 보내라고 했다.

─무슨 계획이 있으시면 제게 말씀해 주십시오.

"현천 자네, 잔소리가 늘었어."

한아람을 비롯한 네 사람은 맞은편 소파에 나란히 앉아서 강도가 통화하는 것을 들었다.

진희와 차동철은 강도가 '현천'이라고 부르는 사람이 누군지 알지 못했다.

설마 도맹 부맹주 현천자를 수하처럼 부른다고는 상상도 하지 못했다.

하지만 한아람과 염정환은 알고 있었다.

강도는 구인겸을 불신해서 수방사를 공격하려는 계획을 말하지 않은 것이 아니다.

그에게 말하면 뭔가 돕겠다고 나설 것이고, 그럼 목소리뿐인 사부의 이목에 걸릴지도 모르기 때문이다.

수도방위사령부는 서울특별시를 방위하는 임무를 지닌 육군 본부 직할의 사령부다.

경기도 과천시 수도방위사령부에서 좀 떨어진 곳의 식당.

강도는 예전 무림을 주유할 때 무슨 일을 함에 앞서 주루에서 술과 식사를 하면서 생각을 정리하는 습관이 있었다.

"우선 사령관을 만나야 한다."

한아람 등은 강도의 말을 듣기만 했다.

그들은 몹시 긴장하여 시켜놓은 제육볶음과 동태찌개에는 손도 대지 않았다.

강도로서도 구체적인 계획 같은 것이 있을 리 없다.

구인겸에게 메일로 자료를 전송받아 살펴보다가 마계의 폭주를 저지하려면 일단 수방사의 마족들을 깨부수는 게 먼저일 거라고 판단한 게 전부이다.

"여기… 수방사입니다."

진희가 휴대폰으로 수도방위사령부를 찾아서 강도 앞에 공손히 내밀었다.

원래 수도방위사령부는 지도에서 찾아볼 수가 없다.

군부대라서 모자이크 처리를 해놓기 때문이다.

하지만 강도 등이 차고 있는 트랜스폰에는 수도방위사령부의 모습이 고스란히 나왔다.

"그 정도는 찾아봤다."

수도방위사령부는 예하 부대로 네 개의 보병사단과 직할대로는 제1방공여단, 제1경비단, 35특공대대, 여군특임중대 '독거미', 대통령 경호실 파견대 등을 두고 있는 군단급이다.

강도는 막걸리를 한 사발 마시고 나서 말했다.

"사령관이 마족인지 아닌지를 알아야 한다."

차동철이 아는 체를 했다.

"우선 수방사 내부 지리를 숙지해야 하지 않겠습니까?"

"몰라도 된다."

강도는 한아람이 따라준 막걸리 사발을 들었다.

"하나 명심할 게 있다. 너희들의 일신결계는 마계와 요계는 막아주지만 사람은 아니다."

"아!"

네 사람 모두 깜짝 놀랐다.

무공이 두 배 이상 증진되고 일신결계가 쳐졌으면 무적이라고 생각했다가 한 대 얻어맞은 기분이다.

"총을 맞으면 죽는다. 조심해라."

마족이나 요족 등 아무리 무서운 게 덤벼도 끄떡없는데 인간이 총을 쏘면 피해야 살 수 있다.

묘한 아이러니다.

"아람아."

"네, 주군."

"넌 잠입하지 말고 적당한 장소에 자리 잡고서 우리를 지원해라."

"네."

강도는 다섯 잔째 막걸리를 마셨다.

"모두 트랜스폰 전음 기능을 맞춰라."

강도는 막걸리 사발을 내려놓고 전음 기능을 해놓으려고 왼쪽 손목을 들었다.

그런데 그의 트랜스폰에 이미 전음 기능이 맞춰져 있다.

하지만 그는 그 기능을 맞춘 적이 없다.

수하들에게 말하고 막걸리를 마시고 나서 맞추려고 했는데 이미 맞춰져 있는 것이다.

막걸리 다섯 사발에 그가 취했을 리 없다.

강도는 철저한 성격이라서 이런 것을 그냥 넘어가지 않지만 지금은 이걸 따지고 있을 때가 아니었다.

"아람이 넌 전음을 열어두고 있다가 즉시 지원하도록 해라."

"명을 받듭니다."

스우우.

강도와 염정환, 진희, 차동철이 사령관실로 전송됐다.

그런데 매우 넓은 사령관실 안이 텅 비어 있다.

치잉— 스응—

강도를 제외한 세 명의 손에 각자의 고유 무기가 쥐어졌다.

[사령관실 밖을 확보해요.]

[한 놈 잡아와야겠다.]

진희와 차동철이 전음을 주고받으면서 미끄러지듯이 문밖

으로 쏘아갔다.

두 사람은 10초도 지나지 않아서 각각 한 명씩의 군인을 안고 사령관실로 돌아왔다.

진희와 차동철은 혈도가 제압된 군인 두 명을 소파에 앉히고 말을 할 수 있게 아혈을 풀어주었다.

"사령관은 어디에 있느냐?"

전속부관 중위와 당번병 상병은 칼을 번뜩이고 있는 진희와 차동철, 염정환을 보고 겁에 질려서 말을 하지 못했다.

투반경을 끼고 있는 염정환 등이 봤을 때 부관과 당번병은 인간이다.

염정환이 부관의 목에 칼을 갖다 대며 무서운 표정을 지었다.

슥—

"사령관 어디 갔는지 말하지 않으면 목을 자르겠다."

"흐윽! 차, 참모 회의에 가셨습니다."

"언제 오지?"

진희의 물음에 부관이 사시나무 떨 듯이 몸을 떨었다.

"으으, 조금 전에 오신다는 연락이 왔습니다."

부관과 당번병은 벌건 대낮에, 그것도 아무도 없는 사령관실에서 칼을 든 남녀가 튀어나와서 자신들을 이상한 방법으로 꼼짝 못 하게 제압한 사실 때문에 기절하기 직전의 상황이었다.

"너희들, 내 말 잘 들어라."

진희가 부관과 당번병 앞에 앉아서 그들을 설득하려고 설명을 시작했다.

평범한 사람, 그것도 군인들에게 마계에 대해서 설명한다는 것이 쉽지 않은 일이다.

그렇지만 진희는 수도방위사령부를 장악한 마족들을 퇴치하려면 이들, 특히 부관의 도움이 절대적으로 필요할 것이라고 판단했다.

진희는 인내심을 갖고 차분하게 설명을 이어갔다.

그녀는 강도에게 이럴까요, 저럴까요, 하고 일일이 물어보지 않았다.

그녀가 행동으로 옮겨서 강도가 제지하지 않으면 똑바로 가고 있다는 뜻이다.

시간이 흐르고 진희가 친근한 태도로 설명하자 부관과 당번병은 처음의 놀라움과 두려움이 많이 사라졌다.

그렇다고 해서 진희의 마계, 마족, 그리고 그것들이 수도방위사령부를 장악했다는 황당무계한 얘기를 믿는다는 것은 아니다.

일단 진희는 설명을 끝냈다.

이제는 그녀의 말이 사실이라는 것을 증명할 때였다.

"이리 와라."

진희는 부관과 당번병의 혈도를 풀어주고 창 쪽으로 데려
갔다.

두 명의 군인을 창 앞에 나란히 세운 다음 진희는 자신과
차동철의 투반경을 벗어 그들에게 씌워주었다.

투반경은 희미한 브라운색의 선글라스처럼 생겼는데 벗겨
지지 않게 하려고 고무 끈이 부착되어 뒤통수에 쓰게 되어 있
다.

"이걸 쓰면 마족이 보이니까 잘 봐."

사령관실이 몇 층인지는 모르지만 창밖 저 아래로 군인들
이 지나다니는 모습이 보인다.

부관과 당번병은 한동안 창 아래를 내려다봤지만 마족 같
은 모습을 찾지 못했다.

하긴 거리가 먼 데다 다들 군복에 모자를 쓰고 있어서 구
별하는 게 쉽지 않을 것이다.

"온다."

그때 한쪽에 서 있던 강도가 나직하게 중얼거렸다.

슷—

순간 강도 등의 모습이 씻은 듯이 사라졌다.

다들 공중으로 떠올라 천장에 등을 붙이고 있다.

그러나 부관과 당번병은 창 아래를 내려다보는 데 정신이

팔려서 그런 사실을 모르고 있었다.

척!

그때 문이 열리더니 군인 세 명이 일렬로 걸어 들어왔다.

앞선 군인이 사령관이고 두 번째가 참모, 문을 열어주고 있는 세 번째도 참모처럼 보였다.

문이 열리고 사령관 등이 말하는 소리에 부관과 당번병은 깜짝 놀라 뒤돌아보았다.

"우왓!"

"어으으……."

부관과 당번병은 몇 미터 앞의 괴물에 가까운 그들의 모습을 발견하고는 혼비백산했다.

앞장선 사령관 복장의 마족은 얼굴이 새빨간 핏빛이며 왕방울처럼 커다란 흰자위 한복판에 콩알 크기의 붉은 눈동자가 있고 입은 귀밑까지 찢어지듯이 큰 데다 두툼한 입술 안에는 날카로운 이빨이 톱날처럼 솟아 있다.

[앞의 놈은 마계 2위 마랑(魔狼)입니다.]

차동철이 전음으로 알려주었다.

[뒤쪽에 두 놈은 4위 빙악입니다.]

말인즉 사령관은 마계 2위 마랑이고 참모 둘은 마계 4위 빙악이라는 것이다.

사령관이 자신의 책상으로 걸어갔다.

창가에 부관과 당번병이 이상한 물안경 같은 걸 쓴 채 혼비백산하고 있어도 별로 신경 쓰지 않았다.

참모 중 한 명이 부관과 당번병을 꾸짖었다.

"너희들, 여기에서 뭐 하는 거냐?"

사령관과 참모들은 부관과 당번병이 자신들의 정체를 알아보고 놀랐다는 생각은 추호도 하지 못했다.

스으.

사령관, 아니, 마랑과 두 명의 빙악 머리 위로 차동철과 진희, 염정환이 뚝 떨어져 내리면서 칼을 그었다.

파박!

"끅!"

"끄으……."

빙악 둘은 불의의 기습을 당해 반격도 하지 못하고 진희와 염정환의 칼에 목이 뎅겅 잘렸다.

그런데 책상으로 걸어가던 마랑이 뒤쪽에서 그어오는 차동철의 칼을 피했다.

피했을 뿐만 아니라 빙글 상체를 돌리면서 한쪽으로 몸을 쓰러뜨리며 허공에 떠 있는 차동철을 향해 오른손을 휘두르기까지 했다.

피리릿!

마랑의 오른손에서 붉은색의 길고 가느다란 물체가 쏜살같이 튀어 나갔다.

파아아—

그 물체가 그어오는 차동철의 칼을 휘리릭 감아버렸다.

마랑은 오른손의 가느다란 물체로 차동철의 칼을 묶고는 번개같이 왼팔을 뻗었다.

슈슝!

마랑의 왼팔 소매 속에서 빛나는 붉은 칼날이 튀어 나갔다.

탓!

차동철은 오른손의 칼을 놓고 허공에서 한 바퀴 공중제비를 돌아 마랑의 뒤로 천근추의 수법을 발휘하여 뚝 떨어지면서 수도(手刀)로 목을 그었다.

파파팍!

차동철의 손칼이 마랑의 목에 닿기 직전 그대로 멈춰 버렸다.

뿐만 아니라 마랑 역시 허공을 향해 두 손을 뻗고 있는 자세에서 굳어버렸다.

사령관 행세를 하고 있던 마랑을 죽이면 안 되기 때문에 강도가 손을 써서 차동철을 제지하고 동시에 마랑을 제압한 것이다.

스슷— 처척!

강도를 비롯한 네 명이 거의 동시에 바닥에 내려섰다.

강도는 슬쩍 손을 흔들어서 차동철의 제압된 혈도를 풀어 주었다.

하마터면 마랑을 죽일 뻔한 차동철은 강도에게 죄송한 표정을 지으며 고개를 숙여 보였다.

차동철은 등에서 식은땀이 흐르는 걸 느꼈다.

원래 그의 실력이었으면 마랑에게 당했을 것이다.

그러므로 아까 강도가 그의 생사현관을 소통시켜 준 것이 얼마나 고마운지 모른다.

진희가 차동철의 옆으로 다가와 빙긋 미소 지었다.

[왜 그렇게 땀을 흘려요?]

[아슬아슬했어.]

진희가 피식 웃었다.

[우리 일신결계 쳐진 거 몰라요?]

[아……!]

그걸 잊고 있었다.

제18장
청와대

　가짜 수도방위사령관 마랑은 웬만한 방법으로는 입을 열지
않았다.

　강도는 분근착골수법으로 마랑의 인내심을 시험해 보았다.

　무림인들에게 분근착골을 가하면 평균 10초 정도 견디다가
항복한다.

　그런데 마랑은 3초도 견디지 못했다.

　커다란 입을 잔뜩 벌리고 인간의 귀에는 들리지 않는 극초
음파를 쏟아내면서 온몸을 부들부들 떨며 고통스러워했다.

　그러더니 지금껏 유지하고 있던 인간의 모습이 확 풀리면서

마족 마랑의 본모습으로 돌아갔다.

강도는 마랑의 분근착골을 풀어주었다.

"묻는 대로 말하겠느냐?"

강도에게는 무림 특유의 언행이 진하게 남아 있었다.

현 세계에서의 그는 아무것도 아니었지만, 무림에서는 절대 자였기 때문에 무림의 습관이 그에게 강하게 각인되어 있었다.

강도는 마랑을 수하들에게 맡기고 자신은 물러나서 소파에 편하게 앉았다.

"으으, 이놈 새끼들……"

바닥에 앉아 있는 마랑은 더 이상 수도방위사령부 사령관이 아닌 본모습으로 앞에 서 있는 차동철과 염정환, 진희를 쏘아보았다.

강도는 소파에 앉아서 생각에 잠긴 듯한 표정을 짓고 있었다.

그리고 소파 옆에서는 부관과 당번병이 얼굴이 하얗게 질려서 지켜보고 있다.

마랑은 정면에 서 있는 염정환을 똑바로 주시했다.

아니, 눈을 쏘아보았다.

그 순간 마랑의 콩알만 한 작은 눈에서 붉은 기운이 번갯불처럼 뿜어졌다.

그것은 마랑의 알려지지 않은 기술이다.

강렬한 눈빛을 상대의 눈동자에 쏴서 이성을 마비시켜 노예로 만드는 일종의 심령술이다.

획!

순간 염정환의 발이 허공을 날았다.

"이 새끼야! 뭘 꼬나봐?"

픽!

"끅!"

염정환의 구둣발이 마랑의 콧잔등을 찍었다.

마랑이 뒤로 벌렁 자빠졌다.

"으으, 이놈들, 도대체……."

얼굴이 짓이겨진 마랑은 뒤로 누운 채 중얼거렸다.

그는 자신의 셀레타머(Szelleta'ma:심령 공격)가 먹히지 않는다는 사실에 크게 놀랐다.

그는 수도방위사령부를 장악하면서 셀레타머를 가장 많이 사용했으며 한 번도 실패한 적이 없었다.

진희가 마랑에게 다가가 귀때기를 잡아당겨 일으켰다.

"주군, 제가 이놈한테 분근착골을 다시 해볼게요."

"할 줄 아냐?"

진희보다 훨씬 고강한데도 분근착골수법을 할 줄 모르는 차동철이 놀라면서 물었다.

"조금 전에 주군께서 하시는 거 봤는데 열네 개의 혈도 중 두 개를 모르겠어요."

말하면서 진희는 마랑의 혈도를 여기저기 꾹꾹 눌렀다.

사실 분근착골은 열네 개 혈도를 무턱대고 누르는 게 전부가 아니다.

그랬다가는 상대가 죽을 수도 있었다.

열네 개 혈도를 누를 때마다 각각 다른 내공을 주입해야만 한다.

마랑은 조금 전의 그 죽을 것 같던 고통이 생각나서 몸을 떨며 외쳤다.

"하, 하지 마라! 뭐든지 말하겠다!"

진희는 손가락으로 마랑의 정수리 근처를 슬쩍 누르며 고개를 갸웃거렸다.

"여긴가?"

"으으, 말한다고 그랬잖느냐. 하지 마라."

마족이 고통에 약하다는 사실은 알려지지 않았다.

어찌 보면 겁도 많은 것 같다.

강도는 오늘 새로운 사실을 알아냈다.

하긴 피조물 중에서 인간보다 더 독종은 없을 것이다.

겁에 질린 마랑은 자신이 알고 있는 것들을 묻는 대로 줄

줄 다 실토했다.

진희는 그 내용을 휴대폰에 저장했다.

다 실토하고 힘이 빠진 마랑이 바닥에 앉아 있다.

진희가 강도를 쳐다보았다.

마랑을 어떻게 할 거냐고 묻는 것이다.

[불맹이 마랑을 생포한 적이 있느냐?]

그가 전음으로 묻자 거기에 대해서 모르는 진희는 가만히 있고 대신 차동철이 대답했다.

[불맹에서는 상삼당 전사들이 마랑을 몇 번 마주쳤지만 고전 끝에 세 명 정도 죽인 게 전부입니다. 생포한 적은 없는 걸로 알고 있습니다.]

그렇다면 강도는 마랑을 제압했다가 나중에 마계에 대해서 더 많은 사실을 캐내야겠다고 생각했다.

그런데 마랑을 이대로 사령관실에 놔둘 수는 없다.

그래서 한아람을 불렀다.

[너, 저놈 좀 여기에 데려다 놓고 와라.]

강도는 좌표 하나를 한아람을 비롯한 모두의 트랜스폰에 전송해 주었다.

그곳은 구인겸이 마련해 준 저택이다.

마랑을 부천 오피스텔에 가두어둘 수는 없어서 구인겸이 준 저택을 사용하려는 것이다.

[한남동이군요?]

한아람이 좌표를 살피다가 말했다.

[지하실 같은 곳에 던져놓고 와라.]

[알겠어요.]

강도는 마랑에게 손을 뻗어 몇 군데 혈도를 제압했다.

마랑이 옆으로 픽 쓰러졌다.

마랑은 강도가 다시 손을 쓰기 전에는 절대로 깨어나지 못할 것이다.

한아람은 마랑의 옆에 서서 트랜스폰을 조작하는 데 쩔쩔매고 있다.

기계에 밝은 진희가 옆에서 가르쳐 주었다.

"선배님, 이건 이렇게… 그렇죠."

스으.

한아람이 그 자리에서 사라졌다.

그런데 마랑이 그대로 있다.

2초 후에 한아람이 다시 나타났다.

스스.

당황한 그녀는 마랑의 뒷덜미를 덥석 잡고는 강도를 보면서 어색하게 웃었다.

"저택이 신군성 축소판 같아요."

그녀는 벌써 한남동 저택에 다녀왔다.

스우.

한아람이 다시 사라졌다.

차동철은 한쪽에 나란히 서서 질린 표정을 짓고 있는 부관과 당번병에게 다가갔다.

"너희들, 잘 봤냐?"

서른두 살의 차동철은 자기보다 어려 보이는 부관과 당번병에게 반말을 했다.

"네."

"아까 그 자식이 하는 말 들었지?"

그 자식이란 마랑을 가리킨다.

"들었습니다."

차동철이 부관에게 물었다.

"결론이 뭐냐?"

25~26세 정도의 부관은 잠시 생각하고 나서 대답했다.

"수방사 전체가 장악된 것 같습니다."

"누구한테?"

"아까 뭐라고 그러셨습니까?"

"마계."

"네. 마계가 수방사를 장악한 것 같습니다."

차동철이 꾸짖었다.

"'같습니다'가 아냐."

"장악했습니다."

"어떻게 해야 하지?"

부관은 강도를 비롯한 모두를 둘러보고 나서 긴장된 얼굴로 조심스럽게 말했다.

"수방사를 장악한 마계를 몰아낼 겁니까?"

부관의 표정은 '당신들 네 명으로 마계를 몰아낼 수 있습니까?'라고 묻고 있었다.

사령관 행세를 하던 마랑은 수방사의 영관급 장교, 즉 소령부터 대령까지는 80%, 중대장 이상은 60% 정도를 마족으로 대체했다고 실토했다.

또한 수방사 본대의 장교는 95%가 마족이라고 했다.

"좋은 방법이 있나?"

부관의 말에 차동철이 되물었다.

부관은 진지한 표정을 지었다.

"35특공대대에 아는 친구가 있습니다."

"그건 뭐냐?"

"여기 수방사 본대에 상주하는 특공대대입니다."

"그런 건……."

차동철이 가소롭다는 얼굴로 일소에 붙이려는데 강도가 불쑥 물었다.

"누굴 안다는 건가?"

부관은 강도가 어리지만 이 무리의 우두머리라는 사실을 알고 바짝 긴장했다.

"특임중대장입니다."

"특임대라면?"

"여군특공대인데 일명 '전갈중대'라고 합니다."

"자네 생각은 뭔가?"

부관은 두려움이 많이 가신 얼굴로 대답했다.

"그녀가 도움이 되어줄 거라고 생각합니다."

강도가 고개를 끄떡였다.

"이리 부르게."

부관이 안내를 하고 전갈중대가 길잡이를 하면 될 거라는 생각이 들었다.

똑똑.

사령관실 문을 두드리는 소리가 들렸다.

"들어와요."

척!

문이 열리고 전투복 차림의 여군 장교가 씩씩한 걸음으로 들어섰다.

수도방위사령부 직할 제35특공대대 소속 전갈중대장이다.

늘씬한 키에 절도 있는 동작, 자신감과 긴장으로 똘똘 뭉쳐 제법 예쁜 25~26세 정도의 여자였다.

사령관의 호출이라서 바짝 긴장하고 사령관실로 들어온 전갈중대장은 부관과 당번병만 나란히 서 있는 모습을 보고는 의아한 표정을 지었다.

"뭡니까?"

"박 중위."

부관이 긴장한 얼굴로 전갈중대장에게 가까이 다가갔다.

"사령관께서 호출한 게 아닙니까?"

"내 말 잘 들어."

부관은 전갈중대장의 손을 잡고 소파에 앉히고 당번병은 옆에 섰다.

강도 등은 부관이 전갈중대장에게 상황 설명을 하는 동안 자리를 피해주었다.

천장으로.

"무슨 헛소리입니까?"

전갈중대장은 부관의 설명을 중간에서 몇 번이나 끊었다.

"내 말 끝까지 들어."

사실 부관과 전갈중대장은 결혼을 한 달 정도 앞둔 26세 동갑내기 예비 신랑, 신부 관계다.

"그래도 무슨 말도 안 되는……."

"미수야, 5분 동안만 내 말 들어줄 수 없겠어?"

전갈중대장 박미수는 사랑하는 연인 전학주를 물끄러미 바라보다가 고개를 끄떡였다.

"알았어. 말해봐."

수도방위사령부가 마계에 장악됐다는 사실은 아무리 언변이 좋은 사람이 설명한다고 해도 믿을 확률은 제로다.

설명한 사람을 미치광이 취급하지 않으면 그나마 다행이다.

하지만 전갈중대장 박미수는 연인 전학주가 어느 때보다도 진지한 표정이고 열성적으로 설명했기에 반신반의하는 데까지는 성공했다.

"35특공대장이 마족인 걸 미수의 눈으로 확인하면 믿겠지?"

"그럼 믿어."

"알았어. 그럼 특공대장에게 안내해."

"누굴? 학주 씨를?"

차동철과 진희가 소파에 앉아 있는 박미수의 뒤로 소리 없이 하강해서 우뚝 섰다.

전학주가 박미수 뒤쪽을 가리켰다.

"저분들하고."

박미수는 돌아보다가 차동철과 진희를 발견하곤 움찔하더니 반사적으로 벌떡 퉁기듯 일어나 돌아서며 허리의 권총을 뽑아서 겨누었다.

비이.

그런데 눈앞의 차동철과 진희가 마치 홀로그램처럼 이지러지는 것 같더니 사라졌다.

박미수는 재빨리 실내를 둘러보았다.

부관 전학주가 박미수를 말렸다.

"방금 그분들이 마족 사령관을 제압했어. 그리고 너, 총알도 없는 빈총으로 뭘 어쩌려는 거야?"

스으—

"빈총이라고?"

말소리가 들리면서 차동철과 진희의 모습이 박미수 앞에 처음에는 흐릿하게, 그러나 곧 또렷하게 드러났다.

"엇!"

빈총을 쥔 박미수는 움찔 당황해서 순간적으로 어쩔 줄을 몰랐다.

스웃—

그때 강도와 염정환이 천장에서 빠르게 하강하여 진희 옆에 풀잎처럼 가볍게 내려섰다.

박미수는 움찔하고는 강도를 비롯한 네 명을 날카롭게 쓸어보았다.

박미수는 예비 신랑 전학주의 말대로 제35특공대장이 마족인지를 확인하기로 했다.

그가 마족이면 전학주의 말에 따르겠지만 그럴 가능성은 제로라고 생각했다.

전학주는 강도를 비롯한 네 명에게 딱 맞는 전투복을 구해와 입혔다.

강도 등은 삼각형 안에 한 자루 칼이 들어 있는 수도방위사령부 부대 마크가 부착된 전투복을 입고 전갈중대장 박미수의 뒤를 따랐다.

저벅저벅.

대한민국에 두 개뿐인 여군특공중대 중 전갈중대장 박미수와 선임 담당관 중사 한 명과 나란히 제35특공대대 대대장실 앞에 섰다.

척!

대대장 부관이 문을 열고 대대장에게 전갈중대장이 왔다는 사실을 알렸다.

그사이에 박미수 중사는 투반경을 썼다.

여분으로 가져온 투반경을 그녀들에게 준 것이다.

"들어가십시오."

부관이 말하면서 한옆으로 비켜섰다.

박미수를 필두로 중사와 강도 등이 차례로 대대장실 안으로 들어갔다.

저벅저벅.

대대장실 안에는 대대장뿐만이 아니라 여러 명이 철제 테이블에 둘러앉아 있었다.

박미수와 중사는 빠르게 그들을 훑어보다가 움찔 몸이 굳어버렸다.

대대장실에 있는 자들 모두 인간의 모습이 아니었다.

테이블에 앉아 있던 대대장, 즉 특공대장이 박미수를 쳐다보았다.

"박 중위, 무슨 일인가?"

박미수의 미간이 슬쩍 좁혀졌다.

'저 개새끼!'

중령 계급장을 달고 있는 특공대장은 일자 눈썹이고 눈과 눈 사이의 간격이 1㎝도 안 될 정도로 좁아서 눈이 붙은 것 같은 모습이다.

또한 돼지처럼 약간 튀어나온 코에 콧구멍이 뚫렸으며, 반면에 입은 쑥 들어갔는데 양쪽 입술 끝이 아래로 축 처진 괴기한 모습이다.

그것이 마계 4위로 알려진 빙악의 실체다.

대대장실에는 모두 일곱 명이 있는데, 특공대장을 제외하면 참모 세 명에 중대장 세 명이다.

그들 여섯 명은 모두 마계 5위 귀부인데, 마족을 생전 처음 보는 박미수와 중사는 그저 흉측하기만 할 뿐이다.

전갈중대 선임 담당관 중사는 박미수에게 대충 설명을 들었지만 10%만 믿고서 그냥 따라왔다.

그런데 투반경을 통해 특공대장 빙악을 비롯한 일곱 명의 마족을 보고는 안색이 확 변했다.

이 순간 그녀들은 마족은 목을 완전히 잘라야만 죽는다는 차동철의 말 같은 건 까맣게 잊어버렸다.

처척!

박미수와 중사는 재빨리 허리의 권총을 뽑았다.

만일을 대비해서 권총에 실탄을 꽉 채워 왔다.

"너희들, 뭐야?"

특공대장 빙악이 권총을 뽑는 그녀들을 보고 벌떡 일어나며 소리쳤다.

그때 차동철과 진희, 염정환이 박미수와 중사를 옆으로 세게 밀치면서 쏜살같이 앞으로 튀어 나갔다.

"물러나라!"

차동철 등의 손에는 어느새 도검이 전송되어 있었다.

쉬이익!

차동철 등의 길고 짧은 세 자루 칼이 번뜩이면서 어지럽게 허공을 갈랐다.

차동철이 마랑에게는 조금 고전했지만 빙악이나 귀부들은 상대가 못 된다.

"끅……."

일어서 있던 특공대장 빙악이 제일 먼저 목이 잘리고 뒤이어 막 일어서고 있는 귀부 여섯 명의 목이 거의 같은 순간에 잘렸다.

투퉁, 퉁—

일곱 개의 머리통이 바닥에 떨어져 구르고 뒤이어서 몸뚱이가 묵직하게 쓰러졌다.

"아아……!"

박미수와 중사는 비록 용맹한 전갈중대 특공대지만 마족들이 목이 잘려 죽는 광경을 눈앞에서 목격하자 자신도 모르게 몸을 떨었다.

진희가 박미수와 중사를 환기시켜 주었다.

"명심해요. 마족은 목이 잘려야만 죽어요. 총알은 백 발을 맞아도 끄떡없다고요."

죽은 빙악과 귀부들은 원래의 모습으로 돌아와 있었다.

강도가 물었다.

"다음은 어딘가?"

"제1경비단이에요."

진희가 대답하고 나서 박미수를 쳐다보았다.

"안내하세요."

강도 일행은 세 시간에 걸쳐서 수도방위사령부 본대와 직할대의 마족 167명을 모두 죽였다.

그로써 본대는 깨끗하게 회복됐다.

하지만 지휘관이 없기 때문에 지휘 계통이 무너져 통제 불능의 부대가 돼버렸다.

다음은 수도방위사령부의 예하 부대들을 탈환해야 하는데 이 시점에서 강도는 고민했다.

사령관실로 돌아온 강도는 결국 현천자 구인겸을 불렀다.

강도는 소파에 앉아 있고 다들 여기저기에 서 있는 상황에 사령관실 한가운데에 구인겸이 전송되어 나타났다.

스우―

사람이 갑자기 나타나자 부관 전학주와 당번병, 박미수와 중사가 소스라치게 놀랐다.

"주군."

"앉게."

구인겸이 강도 맞은편에 앉으면서 주위를 둘러보았다.

"여긴 어딥니까?"

"수도방위사령부야. 진희가 설명해 줄 걸세."

차동철 등은 구인겸을 처음 대하지만 매스컴에서 자주 본 얼굴이라서 적잖이 놀랐다.

그가 국내 재계 서열 1위인 대양그룹의 총수이기 때문이다.

당돌한 진희는 설명을 하기 전에 강도에게 물었다.

"주군, 이분은 누구죠?"

대양그룹 총수 외의 신분을 묻는 것이다.

"도맹 부맹주다."

"아!"

"어엇?"

진희와 차동철, 염정환까지도 크게 놀랐다.

도맹 부맹주가 직접 나타나서 그를 주군이라고 칭하자 강도가 절대신군이라는 사실을 믿고 있는 진희마저도 놀랐다.

진희의 설명을 듣고 난 구인겸은 사태의 심각성을 깨달았다.

"그럼 수방사 본대를 원상 복귀시키는 것과 예하 부대들의 마족을 소탕하는 것, 그리고 청와대가 남았군요."

"그렇다네."

"수방사 예하 부대라면 네 개 사단입니다."

"자네가 처리해 주게."

진희가 휴대폰을 꺼냈다.

"번호를 주세요. 자료를 보내 드릴게요."

구인겸은 처음으로 진희와 차동철, 염정환을 한 사람씩 둘러보았다.

"누굽니까?"

"내 수하야."

"네."

진희와 차동철, 염정환은 구인겸의 얼굴에 씁쓸한 표정이 살짝 스쳐 지나가는 것을 발견했다.

구인겸의 표정이 무엇을 의미하는지 바보가 아닌 이상 진희 등은 알 수 있었다.

다 같은 절대신군의 수하지만 구인겸과 진희 등은 모든 면에서 큰 격차가 있었다.

구인겸이 휴대폰 번호를 알려주자 진희가 그의 휴대폰으로 수도방위사령부에 대한 자료, 즉 어떤 직위의 어떤 자들이 마족인지에 대한 자료를 전송해 주었다.

"이건 제가 처리하겠습니다."

구인겸이 강도에게 고개를 숙이고 나서 진지한 표정으로 말했다.

"청와대는 안심해도 좋을 겁니다."

"손을 써두었나?"

"각 맹에서 무전사(武戰士)를 다섯 명씩 청와대에 파견해 두

었습니다."

무전사란 삼맹에서 가장 고강한 무당(武堂) 전사를 말한다.

삼맹은 무전사 15명이라면 대통령을 경호할 수 있을 것이라고 믿었다.

"그 정도면 괜찮을 겁니다."

강도는 구인겸의 '괜찮을 거'라는 말에 거부감이 들었다.

수도방위사령부 가짜 사령관 마랑의 실토에 의하면 직할대인 33헌병경호대와 55경비대대, 88경호지원대가 청와대에 파견 나가 있다고 했다.

마계의 서열 2위 마랑이 사령관 노릇을 하고 있었다면 수도방위사령부에 있는 마족들은 전부 마랑보다 서열이 낮다고 볼 수 있다

마랑의 아래면 3위 야도와 4위 빙악, 5위 귀부다.

그 정도 마족들이 청와대에 나가 있다면 삼맹에서 파견한 무전사 15명으로 대통령과 일가족을 경호하는 것은 충분하고도 남는다.

'그렇지만 청와대 파견팀의 마족들이 마랑이나 그 이상의 서열이라면?'

마계의 서열이 1∼5위뿐이라면 1위가 청와대에 갔을 가능성은 거의 없다.

"현천."

"말씀하십시오."

"마계 서열이 1~5위뿐인가?"

"아닙니다."

구인겸은 고개를 강하게 가로저었다.

"여태까지 삼맹과 싸운 마계의 마군들만 정리해 놓은 게 1위 위강(威鋼)부터 5위 귀부까지입니다. 다시 말해서 출현한 적이 없는 마군은 싸운 적이 없기 때문에 정리할 수가 없었습니다."

구인겸의 말인즉 마랑이 2위가 아니고 위강이 1위가 아닐 수도 있다는 것이다.

예를 들어 마랑이 마군 서열 5위쯤 되고 수도방위사령부에서 파견된 청와대 경호팀에 마랑보다 높은 서열의 마군들이 있다고 가정해 보자.

진짜 그렇다면 대통령이 위험했다.

마계가 대한민국 대통령에 마족을 앉혀놓으면 대한민국의 절반 정도가 마계의 수중에 떨어진다고 해도 과언이 아니다.

대한민국처럼 대통령에게 절대적인 권력이 집중된 나라는 대통령의 권한이 막강하기 때문이다.

수도방위사령부의 가짜 사령관은 마랑이었다.

상식적으로 봤을 때 수도방위사령부에 침투해 있는 마군들이 사령관인 마랑보다 서열이 높지는 않을 것이다.

그렇지만 마계와 요계를 순진하게 상식적으로 이해하려고 하면 안 된다.

마계와 요계가 현 세계에 나타났고, 또 그들이 인간 세계를 장악하려고 한다는 것 자체가 비상식적이다.

그러므로 마계와 요계를 이해하려면 비상식적인 것도 염두에 둬야만 한다.

"무전사들은 청와대에서 어떤 신분인가?"

"경호실 직원입니다."

"대통령 경호원이라는 건가?"

"그렇습니다."

그렇다면 조금 안심이 된다.

"현천."

"말씀하십시오."

"수방사 예하 부대를 정리할 때 극비로 진행하게."

구인겸은 조금 의외라는 표정을 지었으나 곧 고개를 숙였다.

"그렇게 하겠습니다."

"그리고 국방부나 합참 쪽에 아는 인물이 있나?"

"몇 명 있습니다."

"그쪽에 마계와 요계가 얼마나 침투했는지 알아보게."

구인겸은 공손히 고개를 숙였다.

"알겠습니다."

"그리고 청와대 경호실에 나가 있는 도맹 쪽 무전사들과 우리를 교체해 주게."

"엣?"

수양이 깊은 구인겸이지만 그 말에는 움찔 놀랐다.

"어쩌시려는 겁니까?"

"내가 직접 가서 상황을 체크해 보겠네."

"그러십시오."

예전부터 강도는 한 번 결정한 것을 번복한 적이 없었다.

도맹에서 청와대 경호실로 파견된 무전사 다섯 명이 어느 방 안에 일렬로 나란히 늘어서 있다.

이들은 구인겸의 급한 부름을 받고 도맹의 어느 지부(支部)로 전송되었다.

실내에는 책상 하나와 그 앞에 6인용 소파, 벽에 대형 거울 하나가 걸려 있을 뿐이다.

서 있는 무전사 다섯 명은 모두 35~40세의 남자들이고 정장을 입고 있었다.

대형 유리창을 통해서 나란히 서 있는 무전사 다섯 명을 지켜보고 있는 사람들이 있었다.

"오른쪽에서 첫 번째가 무이조장(武二組長)입니다."

구인겸은 도맹 최강인 무당에서 두 번째 무이조의 조장이라고 설명했다.

그것은 곧 도맹 내에서 열 손가락 안에 꼽히는 일류고수라는 뜻이다.

강도는 무이조장을 제외한 네 명을 한 명씩 차례대로 살펴보았다.

강도 자신을 비롯하여 차동철과 염정환, 진희 네 명을 무이조 조원으로 변신시키려고 한다.

외모는 물론이고 체격까지도 완벽하게 바꾸는 것이다.

"진희, 이리 와라."

강도의 부름에 뒤에 나란히 서 있던 세 명 중에서 진희가 재빨리 앞으로 뛰어나왔다.

"눈 감아라."

진희가 눈을 감는 걸 보고 강도는 두 손을 뻗어 그녀의 어깨에 얹었다.

강도는 대형 거울을 통해 옆방의 다섯 명 중 오른쪽에서 두 번째 남자를 주시하면서 두 손에 약간의 공력을 일으켰다.

이어서 진희의 양쪽 어깨를 주무르면서 그곳을 통해 공력을 주입했다.

"아⋯⋯."

진희는 강도가 자신의 외모와 체격을 바꾸려 한다는 사실을 알면서도 부지중 낮은 신음을 흘렸다.

강도가 양쪽 어깨를 주무르고 또한 공력을 주입하자 갑자기 양어깨가 시원하고 온몸이 나른해지는 것 같은 느낌이 들었다.

"하아아… 하으……"

그녀는 마치 전신 마사지를 받는 듯한 기분에 빠져 연신 묘한 신음을 터뜨렸다.

강도가 외모와 체격을 바꾼다는데 그런 건 전혀 모르겠고 그저 기분이 아삼삼한 게 무척 좋았다.

그렇지만 지켜보고 있는 구인겸과 차동철, 염정환은 눈을 휘둥그렇게 뜨고 혼비백산했다.

우두둑, 투둑, 뿌지직, 빠가각!

괴상한 음향을 내면서 진희의 모습이 빠르게 변하고 있었기 때문이다.

마르고 호리호리한 체격인 진희의 몸이 울룩불룩 커지더니 한 배 반 크기의 당당한 사내 체격이 되었다.

뿐만 아니라 불룩하던 가슴이 납작해지고 곱상하던 얼굴은 핸섬한 남자 얼굴로 변했다.

"맙소사!"

지켜보던 차동철과 염정환은 완전히 압도되어 넋을 잃고

말았다.

진희는 온몸을 강도에게 맡긴 채 몽롱함에 빠져 있다.

아까 아침에 강도가 정제순혈을 놔주고 일신결계를 쳐줄 때 진희는 알몸이 되어 지금처럼 온몸을 그에게 맡겼다.

그때에 비하면 지금은 아무것도 아니었다.

아무리 용감하고 당당한 진희라지만 그때는 부끄러워서 죽을 것만 같았다.

하지만 그 과정을 거치고 나자 그녀는 강도를 무한정 믿게 되고 무조건적으로 충성하게 되었다.

슥—

"됐다. 다음 차동철 와라."

이윽고 강도가 진희의 양어깨에서 손을 뗐다.

강도는 약 30분에 걸쳐서 진희와 차동철, 염정환, 그리고 자신을 무이조 조원으로 변신시켰다.

강도는 32세의 무이조원으로 변신했는데 키와 체격이 비슷한 사람을 골랐기 때문에 얼굴만 변했다.

현천자 구인겸은 무이조장을 다른 방으로 불렀다.

그 방 소파에는 강도가 앉아 있고 구인겸은 옆에, 그리고 차동철과 진희, 염정환은 뒤에 서 있다.

청와대에 잠입하지 않고 외곽에서 강도 등을 서포트할 한아람은 제 모습으로 강도 옆에 서 있다.

척!

방으로 들어선 무이조장은 긴장된 표정으로 실내를 둘러보다가 구인겸을 발견하곤 차렷 자세로 공손히 허리를 굽혔다.

허리를 편 무이조장은 소파에 앉아 있는 강도와 그 뒤에 서 있는 차동철 등 세 사람을 보면서 조금 의아한 표정으로 구인겸에게 물었다.

"부맹주님, 저들이 어째서 여기에 있습니까?"

무이조장은 네 명의 조원과 휴게실에 있다가 이곳으로 왔기에 그들과 헤어진 지 채 1분도 지나지 않았다.

그런데 조원들이 버젓이 이곳에 있는 데다 한 사람은 소파에 느긋하게 앉아 있고 더구나 부맹주 구인겸이 시립하듯이 그 옆에 서 있는 광경을 보고는 눈앞의 그림이 언뜻 이해가 되지 않았다.

구인겸은 원래 농담을 좋아하지 않는다.

그는 무이조원으로 변신해 있는 강도를 두 손으로 정중하게 가리켰다.

"인사드려라."

"네?"

구인겸은 무이조장에게만은 강도의 진실한 신분을 밝혀야 청와대에서의 일이 매끄럽게 진행될 거라고 강도를 설득했다.

그러나 무이조장은 자신의 부하한테 인사를 드리라고 하는 구인겸의 말을 얼른 이해하지 못했다.

구인겸이 씁쓸한 표정으로 강도를 쳐다보았다.

"주군, 본모습으로 환원하시지요."

"어?"

생각에 잠겨 있던 강도는 그제야 자신이 무이조장의 부하로 변신했다는 사실을 깨달았다.

스스스, 투둑, 뚜둑.

그가 슬쩍 공력을 운기하자 몸과 얼굴이 불과 5초 사이에 본래의 모습으로 환원했다.

"아……!"

무이조장은 너무 놀라서 눈을 휘둥그렇게 뜨고 신음 같은 소리를 토해냈다.

그가 놀란 이유는 두 가지다.

하나는 공력이 3갑자, 즉 180년은 돼야만 시전할 수 있다는 역체변용비술을 강도가 너무도 간단하게 시전했기 때문이다.

그리고 또 하나는 본모습으로 환원한 강도가 누구인지 즉시 알아봤기 때문이다.

"아아……!"

현천자 구인겸의 적전제자인 무이조장 태청(太淸)은 예전에 사부를 따라서 신군성에 가거나 사마요척결 전투에 나갔다가 절대신군을 모습을 직접 본 적이 몇 번 있었다.

태청의 두 다리가 꺾이더니 그 자리에 무릎을 꿇고 납작하게 부복했다.

"속하 태청이 신군을 뵈옵니다."

강도는 이마를 바닥에 대고 움직이지 않는 태청을 보면서 미소를 지었다.

"태청, 형산전투 때 보고 1년 3개월 만이로군."

"그, 그렇습니다."

태청은 절대신군이 그런 사소한 것까지 기억하고 있다는 사실에 감읍해서 몸 둘 바를 몰랐다.

"일어나라."

강도의 말에 태청이 조심스럽게 일어섰다.

"청와대에 잠입했을지도 모르는 마족들을 색출하고 소탕하는 데 너의 도움이 필요하다."

"분부 받들겠습니다."

이 순간 차동철과 진희, 염정환은 놀라움과 감격에 휩싸여서 제정신이 아니었다.

진희와 염정환은 강도가 절대신군이라는 사실을 믿었고, 차동철은 반신반의했지만 세 사람 다 놀라움과 감격의 크기에는 별 차이가 없다.

이들 세 사람은 예전에 무림에서 무이조장 태청을 한 번도 본 적이 없지만 그의 명성에 대해서는 많이 들었다.

구파일방과 오대세가를 비롯한 명문대파 출신의 젊은 청년 삼백여 명을 주축으로 후기지수의 대열을 이루어 무림에 신선한 돌풍을 일으켰다.

그들 삼백여 명의 후기지수 중에서도 단연 선두 그룹을 형성한 20여 명 중에 태청이 속해 있었다.

그 당시 선두 그룹을 사람들은 질풍대(疾風隊)라고 불었으며, 모든 무림인의 존경과 선망의 대상이었다.

차동철과 진희, 염정환 중에서 그나마 차동철이 화산파 제자로서 제법 이름을 날렸고 또한 무공도 출중했으나 태청에 비할 바는 못 된다.

그런데도 이들 세 명은 강도가 자신들을 수하로 거두었다는 사실에 감격을 금치 못했다.

"태청이오."

태청이 차동철과 진희, 염정환 등에게 두루 포권을 취했다.

그는 자신의 조원들 모습으로 변신한 세 사람에게 인사하는 게 조금 어색한 표정이다.

차동철 등은 깜짝 놀라서 마주 포권을 하며 허둥거렸다.

그들 세 사람에 비해서 한결 여유가 있는 본모습의 한아람이 태청을 보며 포권을 해보였다.

"반가워요. 나는 신군성에 있던 녹비오예요."

"아, 그렇습니까?"

'신군성'이라는 말에 태청이 반색했다.

태청은 신군성에 여러 번 간 적이 있고 그때마다 외성(外城)에 머물렀기 때문에 '녹비'라는 칭호가 절대신군을 측근에서 모시는 시녀였다는 것을 잘 알고 있었다.

청와대 경호실 경호본부에 속해 있는 태청팀은 24시간 교대 근무를 한다.

경호실은 경호본부와 경비본부, 안전본부, 경호지원단 등으로 나뉘는데 경호본부의 경호원들이 대통령과 직계가족을 밀착 경호하고 있었다.

다행히 태청팀은 대통령을 최측근에서 경호하는 임무라서 거의 하루 종일 대통령 가족과 주위 사람들, 대통령이 만나는 사람들을 관찰할 수 있었다.

현 대통령 강태석은 67세 나이로 집권 3년째를 맞이하고 있는 중이다.

늦은 밤.

강도와 태청이 휴게실에 마주 앉아 있다.

"어떠십니까?"

태청이 조심스럽게 물었다.

"보이지 않는군."

오늘 아침 청와대에 들어와 밤 10시가 될 때까지 강도 일행은 대통령을 지근거리에서 경호했지만 마족은 단 한 명도 발견하지 못했다.

삼맹에서 파견한 태청을 비롯한 15명의 전사는 평소에도 청와대에 마족이나 요족들이 잠입해 있는지 철저하게 조사하고 있었다.

그렇지만 지금껏 마족이나 요족은 한 명도 없었다고 태청은 자신 있게 말했다.

그리고 오늘 강도가 직접 수하들을 이끌고 와서 살펴봤지만 마족이나 요족은 보이지 않았다.

마족이, 그리고 요족이 대한민국을 자기들 세상으로 만들려고 하면서 대통령을 그냥 내버려 둘 리가 없다.

어떤 방법으로든 대통령에게 접근하려 할 것이다.

그것을 알아내는 것이 오늘 강도가 할 일이었다.

그리고 이것은 그의 첫걸음이다.

'뭘 놓친 건가?'

강도는 자신이 놓친 것이 무엇인지 궁리하다가 태청에게 말을 꺼냈다.

"놈들은 반드시 대통령에게 접근할 거야."

태청도 같은 생각을 하고 있었다.

그는 지금까지 청와대에서 마족이나 요족을 보지 못했기 때문에 안심하고 있었다.

그러나 강도하고 함께 보낸 오늘 하루 태청의 생각은 강도하고 일치하게 되었다.

강도를 무조건적으로 맹신하는 태청은 이유를 불문하고 그의 뜻에 따랐다.

태청이 아까부터 생각하던 것을 조심스럽게 건의했다.

"주군, 주군께서 대통령과 가족에게 일신결계를 쳐주는 건 어떻겠습니까?"

강도라고 그 생각을 하지 않은 건 아니다.

그렇지만 무턱대고 대통령을 찾아가서 일신결계라는 걸 할 테니까 옷을 다 벗고 누우라고 할 수는 없는 일이다.

뿐만 아니라 대통령 가족들까지 일신결계를 해야 하는데 그것은 대통령의 허락 없이는 불가능하다.

"일신결계를 해야만 하는 이유를 네가 대통령에게 설명할 테냐?"

"그건……."

일개 경호원 신분인 태청이 대통령과 일대일로 독대(獨對)한다는 건 있을 수 없는 일이다.

그렇다고 경호를 하다가 대통령에게 불쑥 한두 마디를 던지는 것으로 일신결계를 해야만 하는 상황을 설명할 수 있는 것도 아니다.

"좀 더 조사해 보자."

강도가 말하고 나서 잠시 후 태청이 생각난 듯 말했다.

"주군, 대통령이 이틀 후에 해외 순방을 갑니다."

강도로서는 처음 듣는 얘기다.

하긴 요즘 TV나 신문을 볼 시간도 없기 때문에 국내외 정세에 대해서는 까막눈이다.

"10일 동안 유럽 6개국 순방입니다."

"그래?"

"경제계를 비롯한 각계 인사 등 80여 명, 그리고 국내 기자 30여 명을 대동합니다."

대통령의 해외 순방 목적이 무엇이든 간에 외부인 110여 명과 같은 비행기를 타고 간다는 건 무조건 좋지 않았다.

이 부분에서 강도의 생각이 바뀌었다.

'쉬운 방법이 있는데 일부러 어렵게 갈 거 없다.'

그는 들고 있던 일회용 컵을 내려놓고 일어섰다.

"대통령께서 몇 시에 취침하지?"

"네? 아, 12시 넘어야 주무실 겁니다."

강도는 대통령이 잠자리에 들면 이동간으로 잠입해서 대통령을 비롯한 가족 전체에게 일신결계를 쳐줄 생각이다.

혼혈을 제압해서 잠들게 하고 일신결계를 치면 될 것이다.

그러면 대통령의 허락 같은 건 필요 없었다.

투우, 웅.

'음?'

강도가 움찔했다.

태청은 옆에 있던 강도의 모습이 찰나지간에 사라졌다가 다시 제자리에 나타나자 움찔 놀랐다.

[주군, 왜 그러십니까?]

그는 전음으로 급히 물었다.

이곳은 CCTV가 미치지 않는 장소이며 조금 전에 태청이 안내해 주었다.

[막이 있다.]

[그게 무슨…….]

태청은 강도의 말을 알아듣지 못했다.

강도는 대답하지 않고 손목 트랜스폰을 다시 한 번 작동하여 대통령의 침실로 이동간을 시도했다.

스우—

투우, 웅.

역시 마찬가지다.

강도는 대통령 부부의 침실로 들어가지 못하고 다시 원위치로 돌아왔다.

[주군…….]

놀란 태청은 말을 잇지 못했다.

그가 생각하기에 강도가 공간 이동을 실패할 이유가 없기 때문이다.

강도는 주위를 둘러보고는 밖으로 나가자고 고갯짓을 해보이고 먼저 걸음을 옮겼다.

강도와 태청은 본관 건물에서 멀리 떨어진 녹지원 정원을 걸으면서 얘기를 나누었다.

"대통령 부부의 침실에 어떤 막이 쳐져 있어서 이동간이 그걸 통과하지 못하는 것 같다."

"네? 그럴 리가……."

강도의 말에 태청은 크게 놀랐다.

"내통령 부부의 침실은 낮 동안 비어 있을 때 일하는 사람들이 청소를 하거나 실내를 정리하고 또 경호원들이 샅샅이 점검합니다."

침실에 막이 쳐져 있다면 그들이 거길 출입하지 못해야 맞다.

그렇지만 청소원이든 경호원이든 대통령 부부가 잠들기 전까지는 잘 드나들었다.

그런데 지금 거길 강도가 이동간으로 두 번씩이나 들어가지 못하고 퉁겨져서 나온 것이다.

보통 사람들은 버젓이 들어가는데 강도 같은 초절고수는
들어가지 못한다.

'그게 아니다. 대통령 부부가 잠자러 들어간 직후에 누군가
막을 치는 건지도 모른다.'

강도가 마족이나 요족의 침입을 막으려고 요방결계나 마방
결계를 치는 것처럼 누군가 인간의 침입을 막기 위해서 인방
결계(人防結界)를 친 것일 수도 있었다.

"태청, 대통령 부부 침실을 매일 마지막으로 출입하는 사람
이 누구냐?"

"당일 경호팀장입니다. 오늘은 우리 3팀과 5팀인데 3팀장이
경호원 두 명을 데리고 들어가서 점검했습니다."

"음."

그건 아닐 거다.

청와대 내에서 대통령 측근 경호는 경호본대 12개 팀이 돌
아가면서 맡는데 12개 팀장이 모두 마족이나 요족일 리는 없
었다.

그리고 아까 강도가 확인했지만 오늘 담당인 3, 5팀장은 인
간이었다.

'그럼 뭔가?'

거기에서 막혔다.

강도는 하나씩 정리해 나갔다.

대통령 부부 침실에 두 사람이 잘 때만 결계, 그것도 인방 결계를 친 것이 분명하다.

그건 인간이 아닌 마계나 요계가 쳤을 것이다.

인간은 그런 걸 칠 이유가 없다.

그렇지만 삼맹에서 파견한 무전사 15명은 모두 투반경을 지니고 있다.

그들은 강도가 이곳에 오기 전에도 수시로 마족이나 요족의 존재를 확인했고 결과는 깨끗했다.

그리고 오늘 강도가 직접 확인한 결과도 마찬가지였다.

강도의 능력으로는 마족이나 요족이 친 인방결계를 충분히 파훼할 수 있을 것이다.

하지만 그러면 소란스러워진다.

인방결계가 파훼되면서 작지 않은 폭음이 터지기 때문이다.

대통령에게는 딸만 다섯이 있는데 위의 세 딸은 결혼하여 따로 살고 있으며 넷째 딸과 다섯째 막내딸이 청와대에서 같이 지내고 있었다.

강도는 넷째 딸 방에 들어가 보기로 했다.

스우―

넷째 딸 방에는 인방결계가 쳐지지 않아서 강도는 이동간으로 별일 없이 실내에 들어섰다.

흐릿한 조명 속에 넷째 딸이 침대에서 곤히 잠들어 있는 모습이 보인다.

강도는 넷째 딸에게 미끄러지듯이 다가갔다.

우선 대통령 자녀들부터 일신결계를 쳐주려는 생각이다.

그런데 순간 이상한 기운이 감지됐다.

침대 아래에 뭔가 있다.

스으—

그는 전진하다가 즉시 뒤로 3m가량 물러났다.

쉬익!

침대 아래에서 구불구불한 물체가 비스듬히 강도를 향해 쏘아 올랐다.

뱀이다.

그것도 맹독을 지닌 코브라다.

팍!

강도의 손끝에서 무형, 무음의 지풍이 뿜어져 쏘아오는 코브라의 대가리를 박살 냈다.

츠츠으읏! 츠츠츠!

그런데 코브라가 한 마리가 아니었다.

수십 마리의 코브라가 침대 아래에서 꾸물거리면서 계속 쏟아져 나와 놀라운 점프력으로 강도에게 덮쳐왔다.

아니, 덮쳐오면서 입을 크게 벌리고 독을 내뿜었다.

쉬이익—

강도는 몸 주위에 투명한 호신막을 치는 동시에 연달아 수십 발의 지풍을 발출했다.

파파파파콱!

코브라들이 뿜어낸 맹독은 호신막에 부딪치고 강도가 발출한 지풍이 코브라들의 대가리를 정확하게 박살 냈다.

호신막이 외부의 공격은 차단하지만 강도가 발출하는 지풍은 무사통과했다.

쉬쉬이익! 솨아아앗!

침대뿐만이 아니다.

실내의 온갖 가구 아래에서 코브라들이 파도처럼 끊임없이 몰려나와 사방에서 강도를 공격했다.

잠시 후 실내 바닥에는 대가리가 박살 난 코브라 백여 마리가 꿈틀거리고 있고 그 가운데 강도가 우뚝 서 있다.

'어떻게 된 건가? 마족이 뱀을 사용한다는 말은 들어본 적이 없는데……'

침대와 실내의 모든 가구 아래에 코브라가 우글거리고 있는데, 그리고 강도가 그것들의 대가리를 모조리 박살 냈는데도 침대 위의 넷째 딸은 잠에서 깨지 않았다.

또한 코브라가 그렇게 많은데 넷째 딸을 공격하지 않은 것도 신기한 일이다.

강도는 지체하지 않고 넷째 딸에게 다가가 혼혈을 누르고 옷을 벗긴 후 일신결계를 쳐주고 다시 옷을 입혔다.

대통령 부부의 침실에 쳐져 있는 인방결계에 대해서는 조금 더 생각해 보기로 했다.

그나마 같이 살고 있는 자녀들 방에 인방결계를 쳐놓지 않아서 다행이다.

이번에 강도는 이동간으로 막내딸 방 안에 나타났다.

스으—

그런데 뜻밖에도 실내에 불이 환하게 밝혀져 있었다.

그뿐이 아니라 침대에 이불을 목까지 덮고 있는 막내딸이 눈을 동그랗게 뜬 채 천장을 바라보고 있는 게 아닌가.

강도가 실내 한가운데 유령처럼 나타나자 막내딸은 그를 바라보다가 경악하면서 눈을 커다랗게 뜨고 입을 벌렸다.

강도는 급히 손을 뻗어 지풍을 날렸다.

팟!

"아……."

지풍이 목덜미와 귀밑 부위에 적중되자 막내딸은 나직한 탄성을 터뜨렸다.

강도는 침대로 다가가며 나직이 속삭였다.

"놀라지 마십시오. 해치지 않습니다."

막내딸은 눈을 크게 뜨고는 손으로 목덜미를 쓰다듬었다.

"아파요."

"……."

강도는 어이없다는 표정을 지었다.

그는 방금 막내딸이 비명을 지를까 봐 아혈을 제압했는데 말을 하고 있다.

'설마 무혈인(無穴人)이라는 말인가?'

'무혈인'이란 혈도가 없는 사람을 가리킨다.

무학에서는 '무혈인'이 이론상으로만 있다던데 실제로 존재하고 있었다.

강도는 자신이 지척에 있는 막내딸의 아혈을 잘못 제압했을 거라고는 생각하지 않았다.

그러니까 막내딸은 무혈인이 분명했다.

강도는 넷째 딸 방에서 감지한 기척을 똑같이 느끼고 막내딸에게 조용하라는 손짓을 해보였다.

막내딸은 무슨 일이 벌어질 것인지 예상하는 듯 눈을 더욱 크게 뜨고 잔뜩 놀라는 표정을 지었다.

츠으으으.

역시 제일 먼저 침대 아래에서 수십 마리 코브라가 꾸물거리면서 기어 나왔다.

넷째 딸의 방처럼 막내딸 방에서도 모든 가구 밑에서 기다리고 있었다는 듯이 코브라들이 꾸역꾸역 기어 나왔다.

그러고는 한꺼번에 솟구치며 강도에게 맹독을 뿜어댔다.

쉬이익! 쉬익!

강도로서는 이런 코브라들을 죽이는 것이 파리를 때려잡는 것보다 쉬운 일이다.

그저 귀찮을 뿐이다.

강도는 호신막을 일으켜 코브라의 맹독을 막으면서 부지런히 손가락을 움직여 지풍을 발출했다.

다른 방법으로, 즉 강기를 발출하여 코브라들을 한꺼번에 몰살시킬 수도 있지만 그렇게 하면 조각 난 코브라 살점과 피가 사방으로 튀어서 난장판이 되고 만다.

막내딸이 코브라 살점과 피로 목욕하는 것은 당연하다.

막내딸은 코브라 수십 마리가 날개가 달린 것처럼 점프하여 강도를 공격할 때 너무 놀라서 비명을 지를 뻔했다.

그러나 방금 전에 강도가 손가락을 입에 대면서 조용히 하라고 한 기억이 떠올라 두 손으로 힘껏 입을 틀어막았다.

사실 그녀는 아무리 소리를 질러도 아무도 도와주지 않는다는 사실을 너무도 잘 알고 있기 때문에 소리를 지르지 않은 것이다.

그녀는 갑자기 나타난 정체를 알 수 없는 청년이 저 무서운 코브라 떼에게 공격당하여 처참하게 죽을 것이라고 생각했다.

청년이 영화에 나오는 슈퍼맨이 아닌 이상 코브라 떼의 독에 죽는 것은 당연한 일이다.

그러나 지금 그녀의 눈앞에서 믿어지지 않는 일이 일어나고 있었다.

퍼퍼퍼퍽! 파파파팍!

흡사 손가락으로 책을 두드리는 것 같은 음향이 약 1분 동안 지속되면서 실내를 가득 메웠다.

그리고 막내딸은 공중으로 떠오른 코브라들 머리가 박살 나서 피를 뿌리며 바닥에 떨어지는 광경을 목격했다.

후두두둑!

마지막 한 마리까지 모조리 대가리가 박살 나서 바닥에 떨어졌다.

막내딸은 너무 놀라 상체를 일으켜 앉아 눈을 커다랗게 뜨고 강도를 바라보았다.

그녀는 강도의 온몸을 감싼 달걀 모양의 타원형 투명한 막에 불빛이 반사되는 것을 보고 있었는데 갑자기 투명한 막이 시야에서 사라졌다.

강도가 호신막을 거둔 것이다.

강도는 자신을 바라보면서 바들바들 떨고 있는 막내딸을

굽어보았다.

"놀랐습니까?"

"아아……."

"혹시 방 안에 뱀이 있다는 사실을 알고 있었습니까?"

막내딸이 겁먹은 얼굴로 고개를 끄떡였다.

강도는 처음 이 방에 들어왔을 때 막내딸이 눈을 크게 뜨고 천장을 빤히 바라보고 있는데 얼굴에 공포가 가득 떠올라 있는 것을 발견했다.

"언제부터 방에 뱀이 있었습니까?"

"한 달쯤 됐어요."

강도는 한 달 전에 마족이 대통령을 비롯한 가족을 볼모로 잡았을 것이라고 짐작했다.

그런데 대체 마족 어떤 놈이 이런 일을 벌였는지 궁금했다.

코브라는 막내딸이나 넷째 딸을 공격하지는 않고 침입자만 공격하도록 조종된 것 같았다.

"당신은 누구시죠?"

막내딸이 눈을 깜빡이면서 물었다.

20대 초반으로 보이는 막내딸은 인형 같은 용모를 지녔다.

짙은 눈썹에 뾰족한 코와 작고 도톰한 입술 등이 마치 장인이 손으로 빚은 것처럼 앙증맞았다.

강도는 대통령의 막내딸 미모가 대단하다는 가십 기사를

본 적이 있는데 직접 보니 과연 틀리지 않았다.

슥—

강도는 한두 마디로 지금의 상황과 자신이 누군지에 대해서 설명할 수 없어서 침대에 걸터앉았다.

"지금부터 내가 하는 말이 황당할 수도 있습니다."

막내딸은 씁쓸한 표정을 지었다.

"설마 한 달 전부터 제 주변에서 일어나고 있는 일보다 더 황당한 일이 있을까요?"

강도는 10여 분에 걸쳐서 자신이 알고 있는 일들에 대해서 설명해 주었다.

막내딸 강혜원은 강도가 설명을 시작할 때부터 몹시 놀라는 표정이더니 그가 설명을 마쳤을 때에는 거의 혼비백산하는 표정을 얼굴 가득 떠올렸다.

"그런 일이……."

"믿지 않습니까?"

"아니, 믿어요."

강혜원은 놀라는 표정을 지우고 착 가라앉은 표정을 지었다.

"우리 가족에게 일어난 일이 있었기에 당신의 말을 믿을 수 있는 거예요."

그녀는 이지적이고 총명한 눈으로 강도를 바라보았다.

"그렇다면 당신 절대신군이 이 땅에서 마계와 요계를 몰아내는 총지휘자로군요."

"그렇습니다."

"마족과 요족의 목을 잘라야지만 죽일 수 있다니, 군대를 동원해도 상대가 되지 않겠어요."

"그렇습니다."

강혜원은 무척이나 긴 속눈썹을 깜빡거렸다.

"당신은 우리 가족을 보호하기 위해서 왔다고 말했는데 어떤 방법으로 보호한다는 건가요?"

강도는 담담한 표정으로 결계에 대해서 설명해 주었다.

"아, 그런 방법이 있었군요."

강도는 실크 잠옷을 입고 있는 강혜원을 물끄러미 바라보았다.

"일신결계라는 것을 치면 마계나 요계로부터 안전한가요?"

"그렇습니다."

강도는 바닥의 코브라들을 가리켰다.

"저런 것들이 얼씬도 못 할 겁니다."

"일신결계를 실제로 한 사람이 있나요?"

"있습니다."

강혜원은 강한 호기심을 보였다.

"누구죠?"

"내 가족과 부하들, 그리고 김항아 씨입니다."

강혜원이 깜짝 놀랐다.

"여배우 김항아 씨 말인가요?"

"그렇습니다."

강혜원이 눈을 동그랗게 떴다.

조금 전에 강도가 일신결계를 치려면 전라의 몸이 돼야 한다고 말했기 때문에 더욱 놀란 것이다.

강도는 옆방 쪽 벽을 가리켰다.

"언니도 했습니다."

"아……."

"여기 오기 전에 언니 방에 먼저 들렀습니다."

"언니가 고분고분 따르던가요?"

강혜원은 예쁘면서도 성격이 날카롭고 까칠한 언니를 떠올렸다.

강도가 손가락을 세워 보였다.

"혼혈이라는 혈도를 제압하면 강제로 깊은 잠에 빠지게 됩니다. 그 상태에서 일신결계를 쳤습니다."

"저한테도 그렇게 할 건가요?"

그렇게 말하면서 강혜원은 자신이 깊은 잠에 빠지고 나서 강도가 옷을 모두 벗기고 일신결계라는 것을 치는 상상을 했다.

"못 합니다."

"왜요?"

예기치 않은 말에 강혜원이 깜짝 놀랐다.

"아가씨는 무혈인입니다."

"그게 뭐죠?"

백 마리가 넘는 코브라 시체가 바닥에 득실거리고 있는 상황에 강혜원이 침대 위에 전라의 몸으로 누워 있다.

방금 전에 일신결계가 끝난 강혜원은 눈을 꼭 감은 채 부끄러움에 얼굴이 노을처럼 붉어져 있었다.

그녀 옆에 책상다리를 하고 앉은 강도가 침착하게 말했다.

"이제 옷을 입어도 됩니다."

그런데도 강혜원은 꼼짝도 하지 않았다.

너무 부끄러운 나머지 강도의 말을 듣지 못했다.

방금 전까지 강도는 전라인 강혜원의 온몸을 구석구석 주무르고, 훑고, 쿡쿡 찌르는가 하면 별별 괴상한 포즈를 다 취하게 만들었다.

강혜원은 태어나서 처음으로 온몸을, 그것도 전라의 몸을 남자에게 내맡긴 상태에서 부끄러워 죽는 줄만 알았다.

"아가씨."

"아… 네?"

강도의 부름에 강혜원이 깜짝 놀라 눈을 떴다.

그러나 강도를 쳐다보다가 그와 눈을 마주치지 못하고 얼른 고개를 돌렸다.

"아가씨, 옷을 입고 부모님에 대해서 얘기 좀 해봅시다."

강혜원이 일어나 잠옷을 입기 시작했다.

"제 이름은 강혜원이에요. 이름을 부르세요."

"알겠습니다, 혜원 씨."

"몇 살이에요?"

"스물네 살입니다."

"전 스물한 살이에요."

"네."

"저한테 반말해도 된다는 뜻이에요."

강도는 여자에 대해서, 특히 여자들의 오묘한 정신세계에 대해서는 아무것도 모른다.

그렇지만 깡다구와 배짱만큼은 타의 추종을 불허하기 때문에 그녀의 요구를 넙죽 받아들였다.

"혜원아."

"네, 오빠."

혜원은 냉큼 '오빠'라고 불렀다.

대통령의 딸이나 글로벌 대스타나 그런 상황을 겪고 나면 같은 반응을 보이는 모양이다.

"한 달 전부터 너희 가족에게 생긴 일이 무엇인지 오빠한테 말해주겠니?"

제19장
롱소드(Long Sword)

혜원이 이상한 일을 처음 겪은 것은 한 달 전이었다.

잠을 자다가 한밤중에 소변이 마려워서 화장실에 가려고 침대에서 내려왔다.

불을 켜고 침실에 딸린 화장실로 가던 혜원은 소스라치게 놀라고 말았다. 침대 아래에 뱀, 즉 코브라 한 마리가 똬리를 틀고 있는 광경을 발견했다.

바닥으로 이미 내려선 혜원은 비명을 지르면서 화장실 쪽으로 도망쳤다.

그 소리에 놀랐는지 코브라가 잽싸게 침대 아래로 사라져

버렸다.

혜원은 죽을 것처럼 비명을 지르면서 문으로 달려갔지만 어떻게 된 일인지 문이 열리지 않았다. 두 손으로 미친 듯이 문을 두드리고 악을 썼으나 아무도 달려오지 않았다.

휴대폰은 먹통이고 일반 전화도 되지 않았다.

꼼짝없이 방 안에 갇힌 혜원은 문가에 서서 흐느껴 울며 뜬눈으로 밤을 지새웠다.

아침에 도우미 아줌마가 혜원을 깨우러 왔을 때 그녀는 문가에 쪼그리고 앉아 있다가 비명을 지르면서 밖으로 달려 나갔다.

혜원은 부모님과 언니, 경호원들에게 자기 방의 침대 밑에 뱀이 있다고 실성한 것처럼 울면서 하소연을 했다.

그 즉시 경호원들이 혜원의 방 침대를 들어내고 실내를 샅샅이 뒤졌지만 뱀은커녕 이쑤시개 하나 나오지 않았다.

부모님과 언니는 혜원이 잠결에 헛것을 봤을 거라고 말했다.

혜원은 처음에는 강경했지만 주위 사람들의 거듭된 말에 어쩌면 그럴 수도 있을 것이라고 생각했다.

그날 학교에 다녀온 그녀는 밤이 되자 경호원에게 방문 밖에 있으라고 신신당부를 했고, 플래시를 들고 잠자리에 들었지만 잠이 올 리 만무했다.

휴대폰과 일반 전화를 체크해 보니 제대로 작동하고 있었다.

혜원은 실내의 불을 환하게 켜두고 잠옷으로 갈아입은 다음 침대에 누웠다.

수시로 방바닥을 쳐다봤지만 뱀은 보이지 않았다.

그러다가 깜빡 잠이 든 그녀는 어느 순간 화들짝 놀라 잠이 깨어 방바닥을 봤으나 여전히 뱀은 보이지 않아서 안심이 됐다.

그녀는 용기를 내서 침대에서 내려와 플래시를 켜고 조심스럽게 침대 아래를 비춰보았다.

그 순간 그녀는 혼비백산해서 찢어지는 비명을 지르며 뒤로 엉덩방아를 찧고 말았다. 침대 아래에 수많은 뱀이 우글거리고 있는 것을 발견했기 때문이다.

그녀는 기겁해서 비명을 지르며 문을 열려고 했으나 전날처럼 문은 굳게 잠긴 채 열리지 않았다.

죽을힘을 다해서 두 손이 멍이 들도록 문을 두드리며 소리쳤지만 밤새도록 문밖에 서 있겠다던 경호원은 그 소리를 듣지 못했는지 아무런 반응이 없었다.

휴대폰과 일반 전화는 아까까지만 해도 멀쩡했는데 또다시 먹통이다.

결국 혜원은 전날 밤처럼 문가에 쪼그리고 앉아 뜬눈으로 밤을 보냈다.

아침이 되자 전날과 똑같은 상황이 이어졌다.

도우미가 문을 열어주었고, 경호원들이 혜원의 방안을 샅샅이 뒤졌지만 뱀은 어디에서도 보이지 않았다.

혜원은 부모님과 언니, 경호원들을 붙잡고 통사정을 해봤지만 아무도 믿지 않았다.

결국 가족 주치의에 의해서 혜원은 신경쇠약이라는 진단을 받기에 이르렀다.

"그렇게 3일째 저녁 식사 후에 어머니께서 아무도 몰래 저한테 '참고 견뎌라'라고 말씀하셨어요."

설명을 마친 혜원이 눈물을 흘리고 있다.

"그게 무슨 뜻이냐고 여쭈었지만 어머니께선 착잡한 표정으로 고개를 저을 뿐 아무 말도 하지 않으셨어요."

강도는 생각에 잠긴 표정으로 말했다.

"언니 방에도 뱀들이 많았지만 언니는 아무것도 모른 채 깊이 자고 있었어."

"그랬군요."

혜원은 밤만 되면 자신의 방에서 나갈 수 없기 때문에 언니나 부모님 침실에는 가보지 못했지만 그 방들도 자신의 방이나 마찬가지일 거라고 생각했었다.

"오빠가 뱀들을 죽일 때도 언니가 깨어나지 않았나요?"

"그래."

"혹시 누가 부모님과 언니에게 수면제 같은 걸 먹인 게 아닐까요?"

강도도 방금 전에 그런 생각을 했지만 만약 그랬다면 혜원이 자지 않고 있는 것이 설명되지 않는다.

"저는 원래 선천적으로 약발이 안 받아요."

강도가 무슨 말인가 싶어서 쳐다보자 그의 속마음을 안다는 듯 혜원이 배시시 미소 지었다.

"무슨 약을 먹더라도 저한테는 효능이 없어요."

"그래?"

강도는 예전에 목소리뿐인 사부에게서 의술을 배울 때 '무혈무약(無穴無藥)'에 대해서 배운 기억이 났다.

말인즉 '혈도가 없는 사람은 약도 효험이 없다'는 뜻이다.

"어떤 약도 저한테는 소용이 없어요. 어릴 때부터 그랬는데 의사들도 이유를 모른대요."

그랬을 것이다.

혜원이 무혈인이기 때문에 조금 전에 강도는 그녀에게 일신결계를 쳐주는 과정에 애를 먹었다.

원래 일신결계는 혈도를 따라 마사지하듯이 주무르고 훑으며 찔러야 하는데 혈도가 없으면 마치 이정표가 없는 길을 찾아가야 하는 것처럼 어렵다.

그래서 다른 사람에 비해서 두 배나 어렵게 혜원의 일신결계를 쳐주어야만 했다.

강도는 일이 이렇게 된 이상 아예 오늘 밤에 청와대 일을 끝장을 봐야겠다고 생각했다.

혜원과 넷째 언니 혜수의 침실에 있던 코브라를 깡그리 죽였기 때문에 내일 아침이면 사람들이 다 알게 될 것이다.

이런 수작을 부린 마족이 알아차리고 또 다른 수작을 부리기 전에 아예 오늘 밤에 작살을 내는 게 좋았다.

대통령 내외의 침실에 쳐진 인방결계를 파훼할 생각이다.

"혜원아, 옷 입어라."

"외출복인가요?"

"그래."

혜원은 일어나서 침대 아래로 내려가려다가 바닥에 수북한 코브라 시체들 때문에 질겁했다.

"아아……!"

"옷이 어디에 있니?"

"저기 드레스 룸이요."

혜원이 한쪽 문을 가리켰다.

강도가 두 팔로 혜원을 가볍게 안았다.

"어머?"

혜원은 깜짝 놀라면서 두 팔로 얼른 강도의 목을 감았다.

강도는 혜원을 안고 드레스 룸으로 성큼성큼 걸어갔다.

혜원은 그의 어깨에 뺨을 기대면서 문득 아까 그가 일신결계를 하면서 전라의 몸을 마음껏 주무른 일이 떠올라 얼굴이 화끈거렸다.

무엇 때문에 일신결계라는 것을 쳐야 하는지에 대해서는 충분히 이해를 했지만 그렇다고 부끄러움이 사라지는 것은 아니었다.

더구나 강도는 혜원의 가슴과 소중한 부위마저도 거침없이 만졌으며, 다리를 찢을 듯이 벌리기도 하고, 뒤집고 고양이 자세를 취하게 하는 등 별별 희한한 자세를 다 만들었다.

'그럴 수밖에 없었겠지만……'

혜원이 언젠가 남자에게 최초로 몸을 허락한다면 아마도 그에게 지금 같은 감정을 느끼게 될 것이다.

이 문제는 혜원으로서는 그렇게 간단하게 어물쩍 넘어갈 일이 아니었다.

"가지 마요."

드레스 룸에 혜원을 내려놓고 강도가 나가려는데 그녀가 화들짝 놀라면서 그의 팔을 잡았다.

"무서워요."

그녀는 여러 벌의 옷 중에서 입을 옷을 고르면서도 강도의 팔을 잡고 바닥을 둘러보았다.

"뱀이 있으면 어떻게 해요. 오빠, 저한테서 눈 떼지 마세요.

알았죠?"

"그래, 알았어."

결국 강도는 혜원이 잠옷을 벗고 외출복을 갈아입는 모습을 지켜보았다.

스으—

혜원을 안은 강도가 이동간으로 그녀의 언니 혜수의 침실에 나타났다.

"아아, 어떻게 한 거예요?"

혜원은 어느 순간 자신이 흐릿한 조명의 혜수 침실에 있다는 사실을 깨닫고는 크게 놀랐다.

"언니 방이야."

강도는 말하면서 커튼을 닫고 불을 켰다.

"언니를 깨워서 같이 가자."

그는 혜원과 혜수를 이곳에 놔두고 자신이 행동을 개시하면 그녀들이 위험해질지도 모른다고 생각했다.

혜원은 언니 혜수의 방바닥에도 뱀이 잔뜩 죽어 있는 광경을 보고는 몸을 부르르 떨었다.

강도가 침대 위에 내려주자 혜원이 혜수를 흔들어 깨웠다.

"언니, 일어나. 언니."

그렇지만 혜수는 꼼짝도 하지 않았다.

혜원이 강도를 쳐다보면서 도움을 청하는 표정을 지었다.

"깨지 않아요. 아무래도 제가 생각한 것처럼 누가 언니에게 수면제 같은 걸 먹였나 봐요."

가족들에게 수면제를 먹였을지도 모른다는 혜원의 짐작이 맞는 것 같았다.

"내가 해볼게."

강도는 침대에 걸터앉아 혜수의 손목을 가볍게 잡고 약간의 진기를 주입했다.

그렇게 10초쯤 지난 후 강도가 손을 뗐다.

숫―

"됐다."

"어떻게 한 거예요?"

강도의 행동 하나하나가 다 신기하기만 한 혜원이 궁금한 얼굴로 물었다.

"수면제 기운을 빨아낸 거다."

"그럴 수가 있어요?"

강도가 손가락 하나를 세웠다.

스스으.

그의 손가락 끝에서 희뿌연 안개 같은 것이 뿜어지다가 사라졌다.

"그게 수면제인가요?"

혜원은 신기한 듯 그의 손가락을 말끄러미 바라보았다.

"방금 그게 수면제라면 언니가 깨어나겠지."

그녀는 강도를 바라보며 눈을 크게 떴다.

"오빠는 어떻게 그렇게 신기한 걸 다 할 수 있는 건가요?"

강도는 혜원에게 자신이 무림에 8년 동안 다녀왔다는 얘기는 하지 않았다.

지금 혜원이 바라보고 있는 강도의 얼굴은 본모습이 아닌 태청의 동료 모습이다.

그의 모습은 30대로 보이기 때문에 혜원은 그를 겉늙었다고 생각할 것이다.

강도가 손을 혜원의 어깨에 얹었다.

"잠깐 다녀올 테니까 언니 깨워라."

혜원은 무서워하면서도 믿음이 가득한 초롱초롱한 눈빛으로 그를 바라보았다.

"빨리 오셔야 해요."

"그래."

강도는 이동간으로 태청을 만나고 5분여 만에 혜수의 방으로 돌아왔다.

침대 위에서 혜원과 혜수가 마주 보고 앉아서 심각하게 대화를 나누고 있는데 강도가 혜원 뒤쪽 침대 옆에 유령처럼 나타났다.

스스으.

언니 혜수가 강도 쪽을 향해 앉아 있다가 그를 발견하고는 말 그대로 귀신을 본 것 같은 표정을 지었다.

"아……!"

기겁한 혜수가 비명을 지르려고 할 때 강도가 지풍을 날려서 아혈을 제압했다.

파팍!

혜수는 눈을 커다랗게 뜨고 목젖이 보일 정도로 입을 잔뜩 벌렸지만 소리를 지르지 못했다.

그녀는 갑자기 말을 못 하게 되자 두 손으로 목과 입을 만지면서 버둥거렸다.

혜원은 뒤돌아보고 강도가 돌아온 것을 확인하고는 반가운 탄성을 터뜨렸다.

"오빠!"

그녀는 두 손으로 혜수의 양어깨를 잡고 어른스럽게 토닥거렸다.

"언니, 내가 설명했지? 저분이 바로 강도 오빠야. 그러니까 소리 지르지 마. 알았지?"

혜수가 놀란 표정을 지우지 못한 채 고개를 끄떡이는 것을 보고 강도는 지풍을 발출하여 아혈을 풀어주었다.

"아… 하아……."

혜수가 경악한 얼굴로 강도를 바라보며 가쁜 숨을 몰아쉬었다.

그녀의 놀라움은 한두 가지가 아니었다.

혜원에게 들은 여러 가지 일이 모두 놀라운 것뿐이다.

그런데 방금 강도가 느닷없이 유령처럼 나타난 것이 하나 더 추가되었다.

"갑시다."

강도가 혜원 자매에게 두 팔을 내밀었다.

혜수는 어디로 가느냐고 물어야 하지만 지금은 그럴 정신이 없었다.

강도는 두 여자를 양쪽 팔에 안고 미리 맞춰둔 좌표로 이동간을 작동했다.

스우우―

"아앗!"

세 사람이 안개처럼 사라지는 가운데 혜수의 날카로운 비명 소리가 터졌다.

태청이 소파에 앉아 담배를 피우고 있는 중년 신사 앞에 부동자세로 서서 뭔가를 열심히 설명하고 있다.

"계장님, 제가 드린 말씀은 모두 사실입니다."

태청은 현재 청와대에서 벌어지고 있는 상황에 대해 두 번에 걸쳐서 경호2계장에게 자세히 설명했다.

"후우, 이 친구가 정말……."

계장이 담배를 눌러 껐다.

"자네, 뭐가 문제야? 밤 근무 서는 거 싫어? 보직 바꿔달라는 거야?"

"그게 아닙니다. 이제 곧 여기에 넷째, 막내 아가씨께서 오실 거고, 그러면 즉각 작전에 돌입해야 합니다."

계장은 소파에 누워서 잠을 자다가 갑자기 들이닥친 태청 때문에 깜짝 놀라 깼다.

그런데 태청이 마계가 어떠니, 마족이 대통령 내외 침실에 무슨 결계를 쳤느니, 넷째와 막내딸 침실에 코브라가 우글거려서 다 죽였느니, 그녀들을 안전한 곳으로 대피시켜야 한다느니 하며 자다가 봉창 두드리는 소리를 하고 있는 것이다.

"여기로 아가씨들이 오신다고?"

"그렇습니다."

"이봐, 두 분 아가씨께서 여기에 나타나시면 자네가 한 말 다 믿지. 그럼 되겠나?"

한창 꿈나라에 있을 두 아가씨가 경호 당직실에 나타날 일은 삼생을 살아도 없을 거라고 믿는 계장이다.

"알겠습니다."

스우—

태청이 고개를 끄떡이자마자 그의 뒤쪽에 흐릿한 영상이 부옇게 나타나기 시작했다.

혜원, 혜수가 강도의 양팔에 안겨서 두 발이 공중에 뜬 채 경호 당직실에 나타났다.

자신의 침실이 순식간에 사라지더니 눈앞의 풍경이 확 달라진 걸 보고 혜수가 비명을 질렀다.

"아앗!"

혜원은 미리 짐작하고 있던 터라 크게 놀라치는 않고 그저 신기할 뿐이다.

계장은 태청의 옆 뒤쪽에 유령처럼 한 무더기의 사람이 나타나더니 그중에 한 여자가 비명을 지르자 크게 놀라서 뒤로 벌러덩 자빠지며 더 큰 비명을 터뜨렸다.

"끄악!"

태청이 뒤돌아보곤 강도에게 공손히 고개를 숙였다.

"오셨습니까?"

이어서 태청은 혜원과 혜수에게도 고개를 숙여 보였다.

"두 분 아가씨."

계장은 뒤로 자빠진 몸을 추스르지도 못한 채 멍하니 강도와 혜원, 혜수를 쳐다보기만 했다.

태청이 강도 등을 가리키면서 계장에게 정중히 말했다.

"보셨습니까?"

"어… 으으……."

계장은 대답 대신 신음 소리를 냈다.

계장은 잠시 후 정신을 차리고 일어나더니 강도에게 바싹 다가와 물었다.

"야, 박형주, 너 조금 전에 그거 뭐였냐?"

그는 강도의 외모를 보고 태청팀의 동료, 그러니까 자기 부하인 줄 알았다.

자기 부하가 대통령의 영애인 혜원과 혜수를 양쪽 품에 안고 나타나니 더 놀란 것이다.

태청이 강도를 쳐다보곤 그가 가볍게 고개를 끄떡이자 계장에게 말했다.

"계장님, 이분은 박형주가 아닙니다."

"무슨 소리야?"

박형주는 지금 강도가 변신해 있는 태청의 팀원이다.

"주군."

태청이 정중히 허리를 굽히자 강도는 그때까지도 양팔에 안고 있던 혜원과 혜수를 소파를 내려놓았다.

그러고는 몸을 일으키는 사이 박형주에서 강도 모습으로

환원했다.

"억?"

"아앗!"

"아아……!"

계장과 혜원, 혜수는 강도를 보고 소스라치게 놀라서 비명을 질렀다.

강도가 우뚝 서서 늠름하게 말했다.

"이게 내 본모습입니다."

현재 청와대에 있는 사람 중에서 대통령을 제외하면 경호 2과장 함상준의 지위가 가장 높았다.

즉, 그가 결정권자라는 뜻이다.

일각이여삼추 같은 강도지만 실을 바늘귀에 정확하게 꽂아야지 바늘허리에 묶어서는 바느질을 하지 못한다.

즉, 경호2계장 함상준에게 자초지종을 설명해서 그의 협조를 얻어내야지만 추후에 문제가 생기지 않을 거라는 얘기다.

사실 또 하나의 방법이 있기는 했다.

계장 함상준을 제압하고 강도 멋대로 행동하는 것이다.

하지만 그러면 뒤가 시끄러워진다.

함상준에게 얘길 해봐서 그게 먹히지 않으면 그때는 그 방법을 쓸 수밖에 없다.

늦은 감이 있지만 그게 순리다.

10여 분에 걸쳐서 강도와 태청에게서 설명을 듣고 난 함상준의 얼굴에 당혹감과 불신, 경악이 뒤섞여 복잡하게 떠올라 있다.

강도가 보기에 함상준은 설명을 다 듣고서도 결정을 내리지 못하고 있는 게 분명했다.

강도와 태청의 설명은 무척이나 설득력이 있기는 했지만 현실이라기보다는 공상과학소설 스토리에 더 가까웠기 때문이다.

"저는 믿어요."

강도 옆에 붙어 앉은 혜원이 진지한 얼굴로 말했다.

혜원은 강도가 행한 기적을 청와대 사람 중에서 제일 먼저 체험했다.

또한 그의 설명을 제일 먼저 듣기도 했다.

그런데다 여기서 강도와 태청의 조리 있는 설명을 또다시 듣고 나자 믿지 않는 게 외려 더 이상하게 생각됐다.

혜원이 혜수에게 물었다.

"언니는?"

혜원 옆에 앉은 혜수는 강도를 슬쩍 보고는 복잡한 표정을 짓더니 잠시 후 고개를 끄떡였다.

"나도 믿어."

모두의 시선이 2계장 함상준에게 집중됐다.

그러나 함상준은 애매한 표정으로 고개를 갸웃거리면서 결정을 내리지 못하고 있다.

태청이 노골적으로 못마땅한 표정을 지으며 물었다.

"어떻게 해야 믿으시겠습니까?"

강도가 손을 저으며 일어섰다.

"그만 됐다."

그의 표정이 굳었다.

그는 더 이상 함상준의 결정을 기다리지 않기로 마음먹었다.

"이런 건 내 성미에 안 맞는다."

태청이 얼른 허리를 굽혔다.

"주군, 송구합니다."

태청에게 함상준은 그저 핫바지 같은 존재일 뿐이다.

그는 어정쩡하게 앉아 있는 계장을 굽어보며 꾸짖었다.

"참으로 아둔하시오!"

"뭐… 너……."

태청이 화를 내며 벌떡 일어서는 함상준에게 손가락을 뻗어 지풍을 발출하여 마혈과 아혈을 동시에 제압했다.

함상준이 소파에 털썩 주저앉았다.

그는 움직이지도, 말을 하지도 못하면서 눈을 크게 뜨고 눈동자만 바삐 굴렸다.

강도는 트랜스폰의 전음 기능으로 염정환을 불렀다.

"부르셨습니까?"

이동간을 이용하여 염정환이 실내에 나타나자 강도가 혜원에게 말했다.

"혜원아, 잠시 여기에 있어라. 저 친구가 보호해 줄 거야."

혜원이 초롱초롱한 눈으로 강도를 바라보았다.

"조심해요, 오빠."

강도가 혜원의 머리를 쓰다듬었다.

"너와 언니는 별일 없을 거다."

혜원이 방글방글 미소 지었다.

"오빠가 저하고 언니에게 일신결계를 쳐주셨으니 마족이든 요족이든 얼씬도 하지 못할 거예요."

혜수는 아무 말도 하지 않고 몸을 옹송그린 채 강도를 빤히 바라보기만 했다.

결계는 한 가지 경우에만 깨진다.

치는 자보다 부수려는 자가 강하면 깨지게 마련이다.

강도는 대통령 내외의 침실에 인방결계를 친 자가 자신보다 고강할 거라고는 생각하지 않았다.

강도는 무림, 아니, 천하에서 가장 고강한 고수이다.

어떤 사람은 강도를 일컬어 고금제일(古今第一)이라고도 칭송

했으며, 어떤 사람은 영세제일(永世第一)이라고도 떠받들었다.

어쨌든 그 말은 강도가 태고 이래 최강의 고수라는 뜻이다.

태청과 진희, 차동철, 그리고 범맹에서 파견한 다섯 명의 무전사를 포함해 도합 여덟 명이 대통령 내외의 침실이 있는 건물을 일정한 간격으로 포위했다.

불맹에서 파견한 무전사들은 내일 근무이고, 범맹에서 파견한 무전사 다섯 명은 태청팀과 같은 근무 조다.

[태청, 누가 인방결계를 파훼한다는 거죠?]

범맹 무전사 우두머리인 무삼조장 자미룡(紫美龍)이 태청의 오른쪽 10m 거리에서 자신의 위치를 지키면서 태청을 쳐다보며 전음으로 물었다.

자미룡은 범맹 최고수들의 집합체인 무당 9개 조에서 유일한 여자 조장이다.

그녀는 범맹 무당 3조를 이끌고 있으며, 휘하 열여섯 명 중에 네 명을 데리고 청와대에 파견 나와 있었다.

[기인 한 분이 오셨소.]

[기인이 누군데 그가 대통령 내외 침실에 인방결계가 쳐져 있는 걸 안 거죠?]

자미룡은 청와대에 50여 일 동안 파견 나와 있었지만 마계나 요계의 느낌조차 감지하지 못했다.

조금 전에 태청은 자미룡에게 달려가 도와달라고 요청했다.

긴 설명은 하지 않고 그저 마족이 대통령 내외 침실에 인방 결계를 쳤는데 그걸 파훼할 것이라고만 했다.

그러니 자미룡으로서는 알고 싶은 게 한두 가지가 아닐 것이다.

[일단 지켜보시오.]

그 말에 자미룡이 차가운 얼굴로 태청을 쏘아보았다.

하지만 그녀는 '내 도움이 필요하면 말해라'는 식의 유치한 짓은 하지 않았다.

태청 정도의 인물이 도움을 요청했을 때는 지금의 상황이 매우 다급하고 막중하다는 뜻이다.

그걸 물고 늘어지는 짓은 치졸한 일이라는 걸 자미룡은 잘 알고 있었다.

[일이 끝나면 기인을 소개해 주세요.]

태청은 가타부타 대꾸하지 않았지만 자미룡은 그 정도로 대화를 끝냈다.

이걸로 자존심 강한 태청은 자미룡에게 빚을 하나 지게 된 셈이다.

강도가 대통령 내외 침실 문 앞에 우뚝 서 있다.

그는 초절신강을 5성쯤 끌어 올렸다.

상대가 누군지, 실력이 어느 정도인지 모르지만 인방결계를 친 걸로 봐서 무림인으로 치자면 최소 구파일방의 장로급이거나 그 이상의 실력자다.

구파일방 장로급이라고 해봤자 강도에겐 일 초식거리도 되지 못한다.

강도는 저 안의 인방결계 안에 마족의 누군가 있을 것이라고 짐작했다.

인방결계는 외부의 침입을 막지만 또한 밖에서 무슨 일이 벌어지고 있는지도 알지 못한다.

완벽한 차단막이다.

그래서 조력자가 없다면 인방결계 안에 있는 마족은 고립될 수밖에 없다. 아니, 인방결계 밖에 조력자가 있다고 해도 의사소통을 하지 못할 테니 아무것도 모르기는 매한가지다.

척!

강도는 두 손으로 문을 잡았다.

이어서 천천히 앞으로 당겼다.

그긍!

몇 톤의 힘으로 잡아당겨도 끄떡하지 않을 것 같던 문이 움쩍거리더니 한순간 종잇장처럼 뜯겨져 강도의 뒤쪽으로 날아갔다.

콰자작!

그러고는 뜻밖의 광경이 눈앞에 펼쳐졌다.

두 개의 문짝이 뜯겨져 나간 안쪽은 아담한 거실이고 소파와 두 개의 가구만 놓여 있을 뿐 캄캄한 어둠에 잠겨 있었다.

그러나 아무리 캄캄해도 강도에겐 대낮이나 같다.

누군가 있을 것이라고 예상했지만 이곳은 그저 조용할 뿐이다.

슥—

강도는 앞으로 나아갔다.

투우—

무언가 보이지 않는 투명막이 몸에 닿았지만 그대로 밀고 나갔다.

인방결계다.

팽팽하게 가로막은 비닐 막을 밀고 들어가는 느낌이 몸에 전해졌다.

팽배해 있는 5성의 초절신강이 강도의 몸에서 분출되었다.

구우우—

그가 성큼성큼 걸어 들어감에 따라서 무형막, 즉 인방결계가 안으로 쑥 이지러지면서 밀려들어 갔다.

꽝!

그리고 한순간 엄청난 폭음이 터지면서 거대한 폭풍이 강도에게 휘몰아쳤다.

콰아아아!

그것은 마치 터질 듯이 팽팽하게 불어놓은 풍선의 주둥이를 갑자기 놔버렸을 때 바람이 주둥이를 통해서 한꺼번에 쏟아져 나오는 것 같았다.

인방결계가 파훼된 지점, 즉 강도를 향해 폭풍을 동반한 엄청난 위력이 폭발했다.

콰우우! 콰자작!

강도 뒤쪽 복도의 벽면에 커다란 구멍이 뻥 뚫렸다.

그렇지만 강도는 옷자락조차 찢어지지 않은 모습이고 걸음을 멈추지도 않았다.

인방결계가 파훼된 실내는 그야말로 난장판이었다.

강도는 거실 오른쪽으로 뻗은 통로를 향해 거침없이 미끄러져 나갔다.

통로 왼쪽에 욕실 겸 화장실이 있고, 통로가 끝나자 정적에 쌓여 있는 침실이 나타났다.

그런데 뜻밖에도 침대 가장자리에 잠옷을 입은 한 사내가 꼿꼿한 자세로 앉아 있다.

그리고 그 뒤에 한 사람이 자고 있는데 여자다.

강도는 침대 가장자리에 앉아 있는 잠옷 차림의 남자가 대통령이고 자고 있는 여자는 영부인일 거라고 짐작했다.

대통령의 모습은 매스컴을 통해 자주 보았다.

강도는 대통령 강태석에게 다가가 3m 앞에 멈췄다.

주변에 누가 있는지 애써 경계하지 않아도 된다.

그는 이 침실 공간에 누군가 외부인이 하나 더 있다는 사실을 이미 감지했다.

그렇지만 모른 체했다.

강도가 일부러 찾지 않아도 때가 되면 나타날 것이다.

"대통령이십니까?"

대통령이 근엄한 표정으로 강도를 쳐다보았다.

"경호원 복장을 하고 있지만 처음 보는 얼굴이로군."

강도가 엷은 미소를 지었다.

"이렇게 캄캄한데도 잘 보시는군요. 시력이 좋으십니다."

사람이란 정곡을 찔리면 움찔거리는데 대통령은 물끄러미 강도를 바라보기만 했다.

그건 대통령이 사람이 아니라는 뜻이다.

아니, 사람이긴 한데 누군가의 조종을 받고 있는 것이다.

말하자면 대통령은 지금 인성(人性)이 지배당하고 있는 상황이다.

대통령의 인성을 지배하고 있는 자가 강도하고 말장난을 하는 게 목적이 아니라면 모습을 나타낼 것이다.

왜냐하면 이미 자신의 존재가 발각됐다고 판단했을 테니까 말이다.

또한 강도가 인방결계를 파훼하고 여기까지 들어왔다면 쉬운 상대가 아니며 순순히 물러가지 않을 것이라고 생각할 것이다.

"넌 누구냐?"

대통령이 강도를 똑바로 직시하며 물었다.

하지만 방금 전에 들은 대통령의 목소리가 아니다.

대통령의 인성을 지배하고 있는 자의 목소리다.

녹슨 쇠끼리 살살 긁었을 때 나는 듣기 거북한 쇳소리를 내고 있다.

강도가 나직이 중얼거렸다.

"사람들은 날 신군이라고 부르지."

"이슈텐(Isten)!"

대통령이 무표정한 얼굴로 낮게 외쳤다.

물론 대통령이 말한 게 아니다.

목소리에는 놀라움이 진득하게 배어 있었다.

그렇지만 강도는 '이슈텐'이 무슨 뜻인지 모른다. 그게 어느 나라의 말인지, 아니면 마계 언어인지도 모르고 있다.

대통령이 다시 쇠 긁는 목소리를 냈다.

"으음, 현 세계에 이슈텐이 정말로 존재했군."

강도는 '이슈텐'이 무슨 뜻인지 궁금했지만 그게 뭐냐고 물어보는 짓 같은 건 하지 않았다.

그는 대통령의 인성을 조종하고 있는 마족이 어디쯤에 있는지 알아내지 못했다.

이놈은 지금까지 강도가 상대한 여타 마족하고는 달리 마족다운 어떤 기척도 흘려내지 않고 있었다.

마치 다른 차원을 사용하는 것 같은 느낌이다.

말하자면 같은 수영장이 아니라 저 옆의 다른 수영장에 있는 것이다. 거기에서는 아무리 물장구를 쳐도 이쪽에서는 파장 하나 느껴지지 않는다.

그러나 저놈을 밖으로 끌어내기만 하면 그다음부터는 절대로 강도의 이목에서 벗어나지 못한다.

흔적을 남기기 때문이다.

저쪽 풀장에서 이쪽 풀장으로 끌어들이고 나면 그걸로 게임 오버다.

잠시 침묵이 흘렀다.

조금 전에 놈이 '이슈텐'이라고 외친 것과 길어지고 있는 침묵은 연관이 있는 것 같았다.

아무래도 놈은 겁을 먹었거나 긴장한 듯했다. 그런 상황에 강도가 세게 나가면 놈은 나오지 않을지도 모른다.

아니다.

강도가 그런 생각을 하고 있을 때 돌연 등 뒤에서 서늘한 느낌이 감지됐다.

냉동실 문을 열고 맨몸으로 그 한기를 맞이했을 때의 그런 느낌이다.

강도가 천천히 돌아섰다.

후우—

돌아서는 그의 눈앞에 거무스름한 것이 있다가 스르르 사라졌다.

강도는 그것이 자신의 등 뒤로 갔다는 사실을 감지했지만 일부러 모른 척하고 다시 천천히 돌아섰다.

침대에 걸터앉아 있는 대통령의 왼쪽에 검은 옷을 입은 한 사람이 서 있다.

온몸을 두꺼운 검은 천으로 감싼 모습인데 뜻밖에도 완전한 사람의 형상을 하고 있다.

뿐만 아니라 얼굴이 분칠을 한 것처럼 희다.

서양의 백인 중에서도 저처럼 얼굴이 창백하리만큼 흰 백인은 드물 것이다.

또한 용모가 남자인지 여자인지 구별이 가지 않을 만큼 준수하고 아름다웠다.

그래서 그자는 전혀 마족처럼 보이지 않았다.

오히려 서양의 유명한 영화배우 같았다.

어쨌든 저쪽 수영장에 있던 놈이 이쪽 수영장으로 들어왔다.

이젠 절대 강도의 손에서 벗어나지 못한다.

그가 강도를 똑바로 주시하며 나직하게 중얼거렸다.

"당신이 이슈텐이로군."

그런데 조금 전의 쇠를 긁는 듯한 목소리가 아니라 청아한 맑은 목소리다.

쇠를 긁는 목소리는 일부러 낸 것 같다.

"너는 누구냐?"

원래 강도는 상대에 대해서 궁금하게 여기지 않는 성격이다. 그렇지만 눈앞에 서 있는 자에겐 약간의 호기심이 생겼다.

"나는 페헤르외르데그(Feherordog)다."

강도로선 '페헤르외르데그'가 무슨 뜻인지 알 턱이 없다.

하지만 앞으로 일이 꼬이는 것을 방지하기 위해서 마계의 서열을 제대로 알아야 했다.

"너는 마랑보다 위의 신분이냐?"

"너희 바깥 세계 인간들은 그를 마랑이라고 부르지만 그의 신분은 렐레크부바르(Lélekbúvár)다."

그는 고개를 끄떡였다.

"물론 나는 그보다 윗사람이다. 렐레크부바르 위에는 너희 바깥 세계 킨트엠베르(Kintember)들이 위강(威鋼)이라고 부르는 빌람(Villám)이 있는데 그조차도 내 아래다."

"그렇다면 네가 마계의 최고 우두머리냐?"

페헤르외르데그가 입술 끝으로 흐릿하게 웃었다.

"마계 따위가 아니라 푈드빌라그(Földvilág)다. 너희 언어로 풀이하면 지하 세계라는 뜻이지."

강도는 슬쩍 미간을 좁혔다.

"이봐, 페르데그. 그런 건 어쨌든 좋다. 네가 마계의 최고 우 두머리인지나 말해라."

강도가 페헤르외르데그를 맘대로 줄여서 '페르데그'라고 하 자 사내는 못마땅한 표정을 지었으나 참는 듯했다.

"내 위에 두 분이 계시다."

"그들은 뭐라고 부르지?"

"내 바로 위는 키라이(Király), 우리 푈드빌라그의 지도자인 군주(君主)이시다."

강도는 조금 의아했다.

군주는 곧 왕이다.

그런데 군주 위에 또 하나의 신분이 있다는 것이다.

"키라이 위에는 뭐냐?"

"이슈텐이시다."

"이슈텐?"

조금 전에 페헤르외르데그는 강도를 이슈텐이라고 불렀다.

그런데 그들의 군주 위에도 이슈텐이 있다는 것이다.

잘 이해가 되지 않았다.

그가 강도의 의문을 짐작한다는 듯 설명했다.

"너는 킨트빌라그(Kintvilág)의 이슈텐이고, 그분은 푈드빌 라그의 이슈텐이시다."

"......"

강도는 이상하게 가슴이 답답해지는 것을 느꼈다.

조금 전 페헤르외르데그는 푈드빌라그가 지하 세계라는 뜻이랬다.

그렇다면 킨트빌라그는 흐름상 바깥 세계, 즉 현 세계를 가리킬 것이다.

그런데 그는 지하 세계의 군주 위에 이슈텐이 있다고 했다.

그러면서 강도더러 현 세계의 이슈텐이라고 한 것이다.

대체 이슈텐이 뭔가?

군주인 왕보다 높은 신분이 뭐가 있다는 거지?

그때 페헤르외르데그가 아름다운 눈을 반쯤 뜨고 강도를 응시하면서 묘한 미소를 지었다.

"내가 킨트빌라그의 이슈텐인 너를 죽이면 이 전쟁은 마침내 끝날 것이다."

결국 강도는 묻지 않을 수가 없게 됐다.

"이슈텐이 뭐냐?"

"절대자(絕對者), 신(神), 혹은 창조주(創造主)라고도 하지."

"뭐?"

강도는 뒤통수를 한 대 거세게 맞은 것처럼 멍한 기분이 들었다.

무림에서나 현 세계에서 어느 방면의 최강자를 간혹 '절대자', '절대강자'라고 표현하기도 한다.

그렇다고 해서 그런 '절대자'를 '신'이나 '창조주'라고는 하지 않는다.

방금 페헤르외르데그가 말한 이슈텐, 즉 절대자는 사전적 의미의 절대자를 가리키는 것이다.

절대자:그 자체로 근원적이고 완전한 존재. 다른 원인 없이 스스로 존재하며, 다른 어떤 것에 의해서도 제한당하지 않으며, 모든 것을 초월한 영원불변한 존재.

슥—

"자, 이제 싸워보자."

페헤르외르데그가 한 걸음 앞으로 나서며 오른손을 뒷머리 쪽으로 가져갔다.

강도는 미간을 좁힌 채 골똘하게 생각에 잠겨 있다가 페헤르외르데그를 쳐다보았다.

하지만 그는 아직 싸우고 싶은 마음이 들지 않았다.

페헤르외르데그가 말한 '이슈텐'에 대한 의문이 강도의 생각을 복잡하게 만들었기 때문이다.

또한 그에게 좀 더 알아낼 것이 있었다.

강도는 어쩌면 목소리뿐인 사부가 현 세계의 이슈텐일지도 모른다는 생각이 들었다.

　도맹 부맹주 현천자 구인겸을 비롯하여 범맹과 불맹에서도 절대신군이 그 모든 일을 계획했다고 믿고 있다.

　그리고 절대신군을 만든 것은 목소리뿐인 사부였다.

　그렇다면 목소리뿐인 사부가 이슈텐일 가능성이 매우 높았다. 그렇다면 강도는 좋은 말로 이슈텐의 대리인이고 폄하된 말로는 꼭두각시다.

　스릉—

　페헤르외르데그가 오른손을 머리 위로 쭉 뻗자 검이 뽑히는 음향이 흘렀다.

　강도가 쳐다보니 페헤르외르데그가 머리 위로 팔을 쭉 뻗는데 긴 장검이 쑥 뽑히고 있다.

　검파(劍把)를 잡은 손이 천장까지 닿을 정도로 솟아올랐다.

　페헤르외르데그의 팔이 두 배 정도로 늘어났을 때 검이 뽑혔다.

　흥—

　그는 검을 뽑아 느릿한 동작으로 강도를 가리켰다.

　검의 길이가 무려 2m에 가깝다.

　슬쩍 앞으로 뻗으면 강도의 목이 찔릴 것 같았다.

　예전에 영화에서 본 적이 있는 중세 유럽의 기사들이 사용하는 검 같다. 그리고 저런 검을 롱소드(Long Sword)라고 한다는 것 정도는 알고 있다.

그런데 무지하게 길었다.

영화에서 본 롱소드는 저 정도 길이가 아니었다.

강도가 페헤르외르데그를 쳐다보았다.

"페르데그, 밖으로 나가자."

페헤르외르데그가 눈살을 찌푸렸다.

"나를 그렇게 부르는 것은 모욕이다. 우리 말에 페르데그라
는 뜻은 없다."

강도가 묵묵히 쳐다보자 그가 주문했다.

"짧게 부르려면 페헤르라고 해라."

강도가 고개를 끄떡였다.

"알았다, 페헤르. 싸우려면 밖으로 나가자. 여긴 너무 좁아
서 거치적거린다."

페헤르가 뻣뻣하게 앉아 있는 대통령을 힐끗 쳐다봤다.

"이자를 죽이고 나가겠다."

"마음대로 해라."

강도의 대답에 페헤르는 뜻밖이라는 표정을 지었다.

"너는 대통령을 구하려고 온 게 아닌가?"

"내 목적은 마족을 죽이는 것이다."

"대통령이 죽어도 괜찮다는 것이냐?"

"마족에게 휘둘림이나 당하는 허수아비 대통령 같은 건 없

는 게 낫다. 새 대통령을 세우면 그만이지.”

페헤르가 쏘는 듯이 강도를 주시했다.

“과연 이슈텐은 냉정하군.”

“나와라.”

강도는 먼저 몸을 돌리는가 싶더니 그대로 벽을 뚫고 나갔다.

퍼어!

그러면서 태청에게 전음을 보냈다.

[태청, 두 분을 모셔라.]

대통령을 죽이겠다는 페헤르의 말에 강도가 태연하게 그러
라고 대답한 것은 대통령의 생사에는 추호도 관심이 없는 척
하기 위해서였다.

만약 대통령을 죽이려는 것에 강도가 관심을 보였다면 페
헤르는 그것을 이용했을지도 모른다.

아니, 그러고도 남았다.

자신의 목적은 마족을 죽이는 것이라는 강도의 무심한 말
이 페헤르로 하여금 대통령을 죽이지 않게 만들었다.

이제 강도는 페헤르외르데그라는 길고 괴상한 이름의 사내
에게 볼일이 하나뿐이다.

죽이는 것이다.

자미룡은 관저의 두꺼운 벽돌담이 맥없이 커다랗게 뻥 뚫리

면서 그곳으로부터 시커먼 물체 두 개가 튀어나오는 걸 발견하고곤 바짝 긴장했다.

그녀가 그쪽으로 막 몸을 날리려고 할 때 태청의 전음이 고막을 두드렸다.

[자미룡, 대통령을 구합시다!]

자미룡이 쳐다보자 태청이 방금 구멍이 뚫린 벽으로 바람처럼 쏘아가고 있다.

자미룡은 구멍을 뚫고 나온 두 물체를 쳐다보았다.

그들은 관저에서 30m쯤 떨어진 정원에 마주 보는 자세로 우뚝 멈춰 서 있다.

교교한 달빛 아래 7m의 거리를 두고 마주 서 있는 두 남자를 쳐다보던 자미룡의 시선이 강도의 얼굴에서 멈추었다.

'누구지?'

그녀는 강도의 맞은편 남자를 보았다.

온통 검고 얼굴과 손만 새하얀 그 남자는 롱소드를 쥐고 있는데 삼맹의 전사 같지는 않았다.

[자미룡, 어서 오시오!]

관저 안에서 다시 태청의 전음이 들려와 자미룡은 몸을 돌려야만 했다.

강도는 뭘 묻는 걸 싫어하지만 페헤르에게는 몇 가지를 물어야만 했다.

"군주는 어디에 있느냐?"

"키라이 우르(úr:님)? 그분이 계신 곳은 왜 묻지?"

"널 죽이고 그자를 찾아가서 죽여야 하니까."

페헤르는 상냥한 미소를 지었다.

"킨트이슈텐, 너에겐 절대로 그럴 기회가 없다."

페헤르는 강도를 '킨트이슈텐'이라고 칭했다.

말하자면 '현 세계의 절대자'라는 뜻이다.

"왜 그렇지?"

"나 페헤르외르데그는 영주(領主)다. 우리 푈드빌라그에는 도합 67개의 자치령(自治領)이 있으며, 따라서 67명의 페헤르외르데그가 있다."

강도는 미간을 찌푸렸다.

페헤르가 영주일 줄은 몰랐으며, 영주가 67명이나 될 것이라고는 전혀 예상하지 못했다.

"키라이 우르를 만나려면 우리 67명을 모두 죽여야지만 가능할 것이다. 하지만 그럴 일은 없겠지."

"군주도 그렇게 많으냐?"

"키라이 우르는 한 분뿐이다. 단지 너지(Nagy:대(大)) 키라이 우르 한 분과 키치(Kicsi:소(小)) 키라이 우르 세 분이 계실 뿐이다."

말인즉 한 명의 대군주와 세 명의 소군주가 있다는 것이다.

강도로서는 눈앞의 페헤르를 더 길게 붙잡고 있을 이유가 없어졌다.

페헤르도 마찬가지인 것 같았다.

그는 롱소드를 천천히 들어서 비껴 세웠다.

"킨트이슈텐, 얼마나 강한지 보자."

페헤르는 강도를 '현 세계의 절대자'라고 칭하면서 싸우자고 덤볐다.

페헤르가 도대체 얼마나 강하기에 절대자에게 덤비는 것인지 강도는 조금 궁금해졌다.

탓!

페헤르가 잔디를 박차는가 싶더니 강도에게 곧장 쏘아 오면서 롱소드를 그었다.

준비 동작도 없이 즉각 공격이다.

수우웅―

한겨울에 깊은 계곡에서 삭풍이 부는 듯한 음향이 울렸다.

롱소드가 워낙 길기 때문에 페헤르가 쏘아 오면서 그어대자 칼날이 벌써 강도의 왼쪽 어깨 30㎝에서 파고들었다.

강도는 그 자리에 서서 페헤르가 얼마나 고강한지 시험 삼아 오른손 일장을 슬쩍 발출했다.

아무 음향도 나지 않고 모습도 보이지 않는 무형 장력이 폭발하듯이 뿜어졌다.

그러나 초절신강이 아니고 그냥 평범한 일장이다.

그렇다고 해도 무림 구파일방의 장로급이 정면에서 쌍장으로 맞받는다면 두 팔이 짓뭉개질 정도의 위력이다.

더구나 강도 정도의 초범입성 고수의 장력은 무형, 무음이기 때문에 언제 어떻게 공격을 당하는지도 모르는 사이에 적중당하고 만다.

페헤르의 롱소드가 강도의 왼쪽 어깨를 베기 직전이다.

그렇지만 강도의 어깨를 벤다면 그 순간 페헤르는 가슴 한복판에 일장을 맞을 것이다.

강도의 평범한 일장은 1m 두께의 콘크리트를 뚫는다.

적중당하면 페헤르의 가슴이 콘크리트 1m 두께가 아닌 이상 끝장이다.

쩌껑!

롱소드의 칼날이 강도의 왼쪽 어깨를 베면서 날카로운 쇳소리가 터졌다.

롱소드가 강도의 호신막을 때린 것이다.

강도는 호신막을 일부러 일으킬 필요가 없다.

불시에 외부의 공격이 가해져도 몸이 알아서 그쪽 부위에 호신막을 일으킨다.

그렇지만 강도의 일장은 페헤르의 가슴을 가격하지 못했다.

강도는 분명히 봤다.

롱소드가 강도의 어깨를 때리기 전에 페헤르의 모습이 시야에서 사라졌다.

롱소드도 사라졌다.

단지 롱소드가 남긴 흔적 같은 것이 강도의 어깨 호신막을 때린 것이다.

'뭐지?'

무림에서 수만 번의 전투 경험이 있는 강도지만 이런 건 처음 겪는다.

쩡!

그때 강도의 등 한복판에서 쇳소리가 터졌다.

롱소드가 강도의 등 한복판을 찌르다가 호신막에 부딪친 것이다.

사라진 페헤르가 어느새 강도의 뒤에 나타났다.

그러고는 두 번째 공격을 가하고는 또다시 사라졌다.

땅!

그리고 직후 강도의 정수리에서 또다시 쇳소리가 터져 나왔다.

처음에 롱소드가 강도의 왼쪽 어깨를 때리고 뒤이어 등 한복판과 정수리까지 도합 세 번 때린 것은 거의 동시에 벌어진 공격이었다.

그래서 소리가 어이없게도 땅! 하고 한 번만 난 것이다.

세 번째 소리 역시 첫 번째와 두 번째에 묻혀 버렸다.

강도는 살짝 어이없다는 표정을 지었다.

'나라고 해도 이렇게 빠르지 못하다.'

깡!

네 번째 롱소드가 목을 찌르며 퉁겨질 때 강도는 깨달았다.

'이건 경공술 같은 게 아니다.'

믿어지지 않는 일이지만 페헤르의 제1번 공격부터 제4번 공격까지 네 번의 공격이 모두 0.3초 안에 이루어졌다.

그리고 다섯 번째 공격은 조금 간격을 두었다가 0.5초 후에 이루어졌다.

네 번의 공격으로도 강도의 호신막을 깰 수 없으니 다른 공격을 하려고 약간 뜸을 들인 것 같다.

쉐애앵!

그런데 다섯 번째 공격은 지금까지의 공격하고는 뭔가 조금 달랐다.

롱소드가 허공을 가르는 음향도 그렇지만 롱소드에서 뿜어지는 공격의 기운이 몹시 묵직하고 날카로웠다.

페헤르가 호신막을 파훼하기 위해서 회심의 일격을 가하는 것이 분명하다.

롱소드 따위가 호신막을 뚫을 리가 없을 텐데도 강도는 조금 긴장했다.

하지만 강도는 페헤르의 이번 공격을 역이용하기로 마음먹었다.

페헤르가 전면에 흐릿하게 나타나는가 싶더니 롱소드가 왼쪽에서 오른쪽으로 강도의 목을 맹렬하게 베어왔다.

기우우—

아주 미약한 파장이 밀려왔다.

그 어떤 물체든지 움직이면 파장이 일게 마련이다.

싸울 때 승패를 좌우하는 것은 어떻게 하면 파장을 적게 일어나도록 하느냐는 것이다.

파장이 일면 상대가 공격해 오는 방향을 알아차린다.

물론 강도의 경우는 파장이 전혀 일어나지 않는다.

그래서 그를 가리켜 초절고수, 혹은 절대자라고 하는 것이다.

강도는 롱소드를 피하려고 하지 않고 미약하게 밀려오는 파장에 몸을 맡겼다.

물에 손을 담근 채 수면에 떠 있는 나뭇잎을 잡으려고 하면 물결 때문에 나뭇잎이 밀려가 잡는 게 어려워진다.

강도가 적의 공격을 피하는 것이 그런 원리이다.

밀려오는 파장에 몸을 내맡기면 알아서 몸이 피해준다.

쉬잉—

강도의 상체가 옆으로 꺾였고, 귀를 스치면서 롱소드의 칼날이 지나갔다.

바로 그때 강도의 몸에서 무형지기가 뿜어지며 롱소드 칼날을 붙잡았다.

그로 인해서 롱소드의 움직임이 극히 미미하게 느려졌지만 페헤르는 느끼지 못했다.

페헤르와 롱소드가 또 사라졌다.

사아아—

그러나 강도가 발출한 무형지기가 롱소드의 칼날을 붙잡고 보이지 않는 가느다란 끈으로 길게 이어졌기 때문에 강도의 귀에는 페헤르와 롱소드가 움직이는 음향이 감지됐고, 어느 쪽으로 이동하는지도 간파됐다.

페헤르의 여섯 번째 공격이 가해지기 전.

강도는 롱소드의 칼날을 붙잡고 있는 무형지기의 끈을 통해서 초절신강을 쏘아 보냈다.

부우웃—

5성의 초절신강은 마치 수만 볼트 전기가 고압선을 통해서 흐르듯이 무형지기의 끈을 통해 롱소드로 전해졌다.

쫭!

"왁!"

폭음이 터졌고, 롱소드로 강도의 눈을 찌르려던 페헤르가 비명을 질렀다.

강도는 왼쪽 허공이 슬쩍 이지러지면서 마치 유령 같은 모습이 흐릿하게 나타났다가 사라지는 것을 놓치지 않았다.

방금 강도가 초절신강 5성을 무형지기의 끈으로 흘려보내서 롱소드를 잡고 있는 페헤르의 두 손을 짓뭉개 버렸다.

투우, 퍽!

허공중에서 롱소드가 갑자기 빙글빙글 회전하며 나타나더니 아래쪽 풀밭에 푹 꽂혔다.

그런데 롱소드 검파에는 그걸 붙잡고 있는 두 손이 매달려 있었다.

팔꿈치에서 뭉텅 떨어져 나간 페헤르의 두 팔이다.

침묵이 흘렀다.

강도는 페헤르가 공간 이동을 한다는 사실을 알아차렸다.

어떻게 그런 고급 기술을 사용하는지는 모르겠지만 순간적으로 공간 이동을 하는 건 분명했다.

3초가 흘렀다.

지금까지의 상황으로 봤을 때 3초는 매우 긴 시간이다.

대통령 내외 관저의 침실 쪽에서 싸우는 소리가 들렸다.

아마도 태청 등이 페헤르의 부하들과 싸우는 중일 것이다.

강도가 허공의 한곳을 응시하며 조용히 입을 열었다.

"페헤르."

"공간 속에 숨어 있는 나를 어떻게 찾았지?"

강도가 응시하고 있는 허공에서 페헤르의 떨리는 목소리가 흘러나왔다.

강도는 초절신강에 적중된 페헤르의 움직임을 GPS에 연결된 내비게이션을 보듯이 훤하게 알고 있었다.

초절신강에는 강도만의 GPS가 연결되어 있기 때문이다.

강도는 흐릿하게 미소 지었다.

"어른 눈에는 애들 장난이 다 보인다."

"음, 과연 킨트이슈텐이다."

페헤르가 쓰린 신음을 토해내면서 모습을 드러냈다.

강도는 허공중에 나타나서 스르르 하강하여 전면의 풀밭에 내려서는 페헤르에게 물었다.

"너희들 군주나 묄드이슈텐이 어디에 있는지 말할 테냐?"

두 팔이 팔꿈치에서 떨어져 나간 페헤르의 하얀 얼굴이 더욱 창백하게 변하며 찌푸려졌다.

"군주께선 아직 묄드빌라그 자신의 영지(領地)에 계시고 묄드이슈텐에 대해서는 나도 모른다."

페헤르는 조금 전까지의 자신만만한 표정이 아니고 많이 의기소침한 모습이다.

강도는 지하 세계라고 하는 묄드빌라그의 군주 키라이 우르에 대해서 알고 싶지만, 그 세계의 창조주이며 절대자라는 묄드이슈텐에 대해서 더 궁금했다.

"너희 군주는 쵤드이슈텐의 명령을 받느냐?"

페헤르가 어이없다는 표정을 지었다.

"우리의 군주이신 키라이 우르는 쵤드엠베르의 인간 중에서 가장 존엄하신 분이다. 하지만 창조주이신 쵤드이슈텐이 계시지 않으면 아무것도 아닌 존재다."

강도는 문득 궁금한 것이 생겼다.

"너희 종족은 쵤드이슈텐을 언제부터 알았느냐?"

페헤르의 어이없다는 표정이 더 짙어졌다.

"언제라니? 당연히 태초부터지."

그는 강도를 가리키려고 팔을 들려다가 팔이 없는 것을 깨닫고는 얼굴을 찌푸렸다.

"너희 킨트엠베르는 기껏 수천 년 전부터 기독교나 불교, 이슬람교 등 여러 형태로 너 킨트이슈텐을 창조주라고 숭상했지만 우린 다르다. 우린 우릴 창조하신 쵤드이슈텐을 30만 년 전 지하 세계로 들어가기 전부터 숭상했다."

강도는 조금 어이없다는 표정을 지었다.

페헤르가 강도를 현 세계를 창조한 신이라고 굳게 믿고 있기 때문이다.

창조주는 곧 하나님이다.

그러니까 페헤르는 강도가 현 세계의 하나님이라고 믿고 있는 것이다.

그건 어쨌든 좋다.

강도 자신이 하나님 그 비슷한 존재가 아니라는 걸 너무도 잘 알고 있으니 말이다.

"키라이 우르께서 정성을 다해 기도하시면 뷜드이슈텐께서 응답을 주신다."

"키라이 우르나 너희들은 뷜드이슈텐을 직접 눈으로 본 적이 있느냐?"

"예전에는 직접 본 적도 있다는 기록이 있는데… 지금은 단지 목소리로만 말씀을 전해주신다."

강도는 흠칫했다.

"목소리뿐인 이슈텐이라는 건가?"

"그렇다."

10m 거리에 있던 페헤르가 강도를 향해 천천히 걸어왔다.

"이봐, 킨트이슈텐, 부탁이 있다."

페헤르는 몹시 복잡한 표정을 지었다.

"어차피 나는 너에게 죽을 것이다. 내가 죽은 후에 내 영지의 백성들에게 온정을 베풀어주지 않겠나?"

강도는 침묵을 지켰다.

"만에 하나 우리 뷜드빌라그가 너희 킨트빌라그와의 전쟁에서 패하면… 그때 내 백성들을 봐달라는 얘기다."

"너의 영지는 어디냐?"

"제16번 영지다. 현 세계로 치면 중국을 중심으로 동남아시아와 중앙아시아를 아우르는 지하 세계다."

페헤르는 강도의 5m 앞에서 멈추었다.

"부탁을 들어주겠느냐?"

"그들이 현 세계에 적대하지 않으면 그들을 학살하지 않겠다고 약속하마."

"그곳은 라프오르사그(Lápország:늪의 나라)라고 한다. 내 백성들이 당신에게 적대하지 않도록 하겠다."

스으―

저만치 풀밭에 꽂혀 있는 롱소드가 뽑히더니 허공에 둥둥 떠서 강도를 향해 느릿하게 날아왔다.

투둑―

날아오는 중에 롱소드 검파를 잡고 있던 페헤르의 두 손이 아래로 툭 떨어졌다.

페헤르는 자신과 강도 사이의 공중에 떠 있는 롱소드를 보면서 말했다.

"이것은 나의 상징이다. 내가 죽으면 나의 상징도 자연히 소멸되지만 내가 승인하면 당신이 새 주인이 된다."

강도는 너무 긴 롱소드가 필요하지 않지만 가만히 있었다.

"이제 당신이 칼을 잡으면 새 주인이 된다."

강도는 롱소드를 수하 중 누군가에게 주면 좋은 무기가 될 거라고 생각하면서 손을 뻗어 검파를 잡았다.

슥.

츠옹—

그가 롱소드의 검파를 오른손으로 잡자 엘리베이터가 움직이기 시작할 때와 같은 음향이 났다.

"등에 꽂는 자세를 취하면 사라진다."

페헤르의 말에 강도는 롱소드를 등으로 가져갔다.

츠옹—

또다시 방금 전과 같은 음향이 나더니 롱소드가 씻은 듯이 사라졌다.

페헤르가 진지한 얼굴로 그를 주시하면서 천천히 다가왔다.

"약속, 잊지 마라."

"알았다."

츄아악!

그 순간 페헤르가 느닷없이 온몸으로 강도를 부딪쳐 왔다.

그걸 보고서도 강도는 페헤르에게 속았다는 기분은 들지 않았다.

지금 페헤르가 할 수 있는 건 이게 전부이고 최선이다.

스스로 자결하는 건 전사로서 할 짓이 못 된다.

마지막까지 온몸을 던져서 적을 공격하다가 장렬하게 산화하는 것, 그것이야말로 현 세계든 마계든 진정한 전사가 바라는 멋진 죽음이 아니겠는가.

강도는 손바닥을 옆으로 세워서 손날로 기를 발출했다.

비록 마족이지만 멋진 사내에게 훌륭한 죽음을 선사하리라 마음먹었다.

쉬잉!

그런데 방금 전에 사라진 롱소드가 어느새 그의 손에 잡히는가 싶더니 그대로 페헤르의 목을 잘라 버렸다.

스걱—

"끅……."

페헤르의 머리가 허공으로 떠올랐다가 몸뚱이가 쓰러진 다음 그 옆에 떨어졌다.

페헤르는 몇 번인가 눈을 깜빡거리다가 이윽고 멈추었다.

눈을 뜨고 있는 페헤르의 얼굴에는 꽤나 편안한 표정이 떠올라 있었다.

강도는 페헤르를 굽어보다가 손에 쥐어져 있는 롱소드를 쳐다보았다.

그가 롱소드를 들어 등에 꽂는 자세를 취하자 연기처럼 사라져 버렸다.

그때 태청과 자미룡이 경공을 전개하여 날아와 강도 앞에 내려섰다.

"주군."

"대통령 내외분은 구했느냐?"

"구했는데 인성이 제압된 상태입니다. 제 능력으로는 어쩔 수가 없습니다."

"알았다."

태청 옆에 서 있는 자미룡은 늠름한 모습의 강도를 머리끝에서 발끝까지 자세히 뜯어보며 관찰했다.

자미룡이 보기에 강도는 대단한 인물임이 분명했다.

지금까지 아무 일도 없던 것처럼 겉으로는 한없이 평화롭게만 보이는 청와대에 강도가 불쑥 나타나서 불과 하룻밤 만에 청와대가 복마전이라는 사실을 밝혀냈으며 그걸 발칵 뒤집어엎었다.

자미룡은 처음에 태청의 간략한 설명과 도와달라는 말을 반신반의했던 게 사실이다.

그런데 결과적으로 대통령 내외는 마족에게 인성이 제압되어 있었고, 두 딸의 방에는 코브라가 득실거렸다.

그 일을 지금 자미룡 눈앞에 서 있는 이 청년이 혼자 북 치고 장구 치고 다 해치운 것이다.

"저자는 누굽니까?"

태청이 강도 앞 풀밭에 몸과 머리가 분리되어 죽어 있는 페헤르를 보면서 물었다.

"페헤르외르데그라고 하더군."

"마랑 위의 위강입니까?"

삼맹은 위강이 마계 1위로 알고 있다.

"그 위다."

태청과 자미룡은 크게 놀랐다.

"위강이 최고가 아닙니까?"

"위강은 서열 4위다."

"음, 그렇군요."

1위인 줄 알고 있던 위강이 4위라고 하면 그 위에 세 개 서열이 더 있다는 뜻이라서 태청과 자미룡은 식은땀을 흘렸다.

대통령 관저 내의 거실에 강도 일행과 혜원, 혜수, 그리고 자미룡이 모여 있다. 강도와 혜원, 혜수는 소파에 앉아 있으며 다른 사람들은 앞쪽에 서 있는 광경이다.

강도는 조금 전까지 수하들과 자미룡에게 마계의 서열에 대해서 정리를 해주었다.

"혜원아."

"네, 오빠."

강도 옆에 찰싹 붙어 앉아 있는 혜원이 두 팔로 강도의 한쪽 팔을 꼭 끌어안고 다정하게 대답했다.

"대통령 내외분께 일신결계를 쳐드려야겠다."

그 말에 놀란 사람은 자미룡뿐이다.

그녀는 현 세계에서 일신결계를 칠 줄 아는 인간을 처음으로 만난 것이다.

"너하고 언니가 허락하면 지금 즉시 실행할 것이다."

강도는 인성이 제압된 대통령 내외를 치료하는 과정에 아예 일신결계까지 쳐주려는 것이다.

"저는 찬성이에요! 오빠가 그렇게 해주시면 그보다 고마운 일이 어디 있겠어요?"

혜원은 손뼉을 치면서 기뻐하다가 혜수를 바라보았다.

"언니도 찬성이지?"

"응."

명랑한 혜원하고는 달리 차분하고 도도한 성격의 혜수는 얼굴이 빨개져서 고개를 숙였다.

혜원이 강도가 어떻게 일신결계를 치는지 지나칠 정도로 자세히, 그리고 장황하게 설명한 탓에 혜수는 일신결계라는 말이 나오기만 하면 얼굴을 들지 못했다.

슥—

"지금 하고 나올게."

강도가 일어나 대통령 내외가 있는 침실로 가려는데 자미룡이 급히 말했다.

"그러고 나서 저도 해주시겠어요?"

강도가 그녀를 쳐다보자 태청이 공손히 설명했다.

"범맹 무삼조장입니다. 무림에서는 저와 같은 질풍대로 활약했습니다."

강도는 오늘 새로 이사한 아파트 현관문 밖에 이동간을 이용해서 나타났다.

지금 시간은 새벽 2시 40분이다.

오늘이 이사한 첫날이기에 청와대의 일을 부랴부랴 마무리하고 1초 만에 집으로 날아왔다.

마계와 요계를 물리쳐서 현 세계를 구하는 일이 중요하지만 강도에겐 가족이 무엇보다도 소중했다.

그러나 서두른다고 했는데도 이렇게 늦고 말았다.

모르긴 해도 엄마와 여동생 강주는 강도를 기다리다가 지쳐서 잠들었을 것이다.

미안한 마음을 억누른 강도는 미리 알아둔 현관 비밀번호를 누르고 안으로 들어갔다.

현관 센서 등이 켜지고 입구에 가지런히 놓여 있는 여자 신발 두 개가 보인다.

드르르—

강도는 미닫이문을 열고 안으로 들어섰다.

현관의 센서 등 불빛을 받아 천천히 복도를 걸어갔다.

강도의 방은 입구에서 복도를 따라 조금 들어가면 왼쪽에 있는 방으로 미리 정했지만, 그래도 거실까지 가보았다.

이사 첫날 늦게 들어왔으니 최소한 집 안을 둘러보고 엄마와 강주가 자는 모습을 들여다봐야겠다고 생각했다.

그런데 강도는 거실에서 두 사람의 기척을 또렷하게 느꼈다.

숨소리와 심장 박동 소리가 엄마와 강주다.

엄마와 강주는 강도를 놀래주려고 불을 끄고 거실에 숨어 있는 게 분명했다.

이 늦은 시간까지 자지도 않고 기다리다니……

강도는 훈훈한 마음으로 캄캄한 거실로 들어서 괜히 주위를 더듬거렸다.

화악!

그때 갑자기 거실 불이 환하게 켜졌다.

"꺄악! 오빠!"

"강도야!"

그러고는 새로 산 소파에 앉아 있던 엄마와 강주가 발딱 일어서며 '꺅' 하고 소리를 질렀다. 강도는 일부러 동작을 크게 하면서 넘어질 것처럼 허둥거렸다.

"어이쿠! 놀래라!"

잠옷 차림의 강주가 까르르 웃으면서 다가와 비틀거리는 강도를 붙잡았다.

"아하하하! 놀랐지, 오빠?"

엄마는 아들을 놀라게 한 것이 미안한 듯 강도의 등을 쓰다듬었다.

"강도야, 많이 놀랐니?"

강도는 빙그레 웃으며 양팔로 엄마와 강주를 안았다.

"아직 안 주무셨어요?"

"우리 집 가장이 귀가해야 잠을 자지."

엄마와 강주가 강도를 거실 테이블로 이끌었다.

"자, 강도 왔으니까 케이크 자르자."

"엄마가 새 집으로 이사한 오늘을 우리 가족의 공동 생일로 정하자고 해서 케이크 산 거야."

테이블에 놓인 2단 케이크에 촛불이 켜졌다.

그리고 엄마와 강도, 강주는 동시에 입으로 바람을 불어 촛불을 끄고 손뼉을 쳤다.

케이크는 강도가 좋아하는 고구마 케이크였다.

『갓오브솔저』 4권에 계속…

초대형 24시 만화방

신간 100%, 샤워실, 흡연실, 수면실(침대석), 커플석, 세탁기 완비

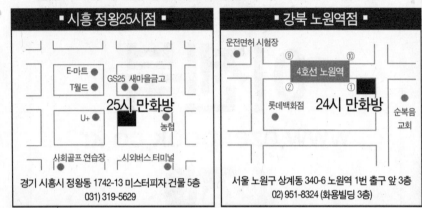

■ 시흥 정왕25시점 ■

경기 시흥시 정왕동 1742-13 미스터피자 건물 5층
031) 319-5629

■ 강북 노원역점 ■

서울 노원구 상계동 340-6 노원역 1번 출구 앞 3층
02) 951-8324 (화용빌딩 3층)

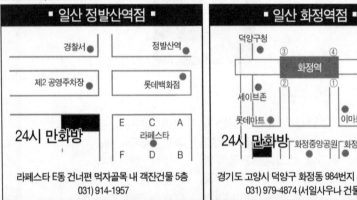

■ 일산 정발산역점 ■

라페스타 E동 건너편 먹자골목 내 객잔건물 5층
031) 914-1957

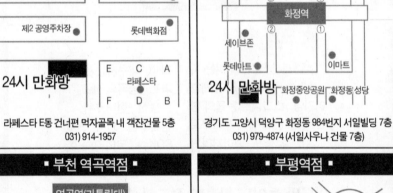

■ 일산 화정역점 ■

경기도 고양시 덕양구 화정동 984번지 서일빌딩 7층
031) 979-4874 (서일사우나 건물 7층)

■ 부천 역곡역점 ■

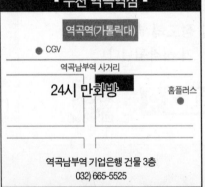

역곡남부역 기업은행 건물 3층
032) 665-5525

■ 부평역점 ■

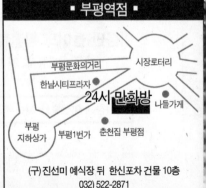

(구) 진선미 예식장 뒤 한신포차 건물 10층
032) 522-2871

GRAND SLAM

FUSION FANTASTIC STORY

자미소 장편소설

그랜드슬램

GAME BALL

게임볼 설경구 장편 소설
FUSION FANTASTIC STORY

무명의 야구인이었던 남자,
우진이 펼치는 야구 감독으로서의 화려한 일대기!

『게임볼』

"이 멤버로 우승을 시키라고?"

가상 야구 게임,
게임볼을 통해 인생 역전을 꿈꾸는

한 남자의 뜨거운 행보에 주목하라!

투신
강태산

박선우 장편소설

FUSION FANTASTIC STORY

무림을 휩쓸던 '야차(夜叉)'가 돌아왔다.

『투신 강태산』

여행사 다니는 따뜻한 하숙생 오빠이자
국가위기 특수대응팀 '청룡'의 수장,
그리고 종합격투기계를 휩쓸어 버린 절대강자.
전 세계를 무대로 펼쳐지는 투신 강태산의 현대 종횡기!!

"나는, 나와 대한민국의 적을, 철저하게 부숴 버릴 것이다."

서러웠던 대한민국은 잊어라!
국민을 사랑하는 대통령과 절대강자 투신이 만들어 나가는
새로운 대한민국이 펼쳐진다!!